アン・メイザー

イングランド北部の町に生まれ、現在は息子と娘、2人のかわいい孫がいる。自分が読みたいと思うような物語を書く、というのが彼女の信念。ハーレクイン・ロマンスに登場する前から作家として活躍していたが、このシリーズによって、一躍国際的な名声を得た。他のベストセラー作家から「彼女に憧れて作家になった」と言われるほどの伝説的な存在。

◆主要登場人物

オリヴィア・モーラ……………夫を亡くした女性。
トニー・モーラ………………オリヴィアの亡夫。
ルイス・モーラ………………トニーの子。オリヴィアの義理の息子。
クリスチャン・ロドリゲス……トニーの会社を継いだ、モーラ一族の男性。
ヘレン・スティーヴンズ………看護師。

1

淡い色の石塀に囲まれた海辺の家は、午後の陽光の中でまどろんでいるようだった。薔薇《ばら》色のタイル張りの外壁には、軒や窓枠にからんだ紫や白のブーゲンビリアが小さな滝のように咲き誇っている。一階のベランダに巡らされた格子状の黒い鉄柵《てっさく》が、花の鮮やかな色と好対照をなしていた。

すべてがオリヴィアの望んだとおり、いや、それ以上だった。大きな家ではない。長年トニーと暮らしていた家に比べると地味で小さいが、オリヴィアにはちょうどよかった。彼女が欲しかったのは、小さくても誰にも干渉されずに住める家だった。

青々とした芝生と草木の生い茂る庭の向こうには青緑色のカリブ海が広がり、白い砂浜に波が打ち寄せている。このすばらしい楽園のような場所を、オリヴィアはひとり占めできるのだ。少なくとも、あと何カ月かは。

だがこの島へ来ることになった理由を思い出し、オリヴィアは身を震わせた。十五年間も連れ添った夫のトニーが、いちばん新しい愛人との密会中に死んだのだ。警察の話では、トニーも愛人もコカインを常用していたということだった。

当然、マスコミはこのニュースに飛びついた。アントニオ・モーラ――トニーはつねに話題の主で、その死に際してもさまざまな憶測を呼んだ。愛人が上院議員の妻だったとあればなおさらだ。

その事実がもみ消されると、今度は、なぜオリヴィアがこんなにも長くトニーと別れずにいたのかという問題が取り沙汰《ざた》された。これまで、オリヴィアはトニーの財産が目当てで、彼のたび重なる浮気に目をつぶっていると思われてきた。しかし、それは違う。トニーと離婚しても、優秀な弁護士さえ雇えばオリヴィアは裕福でいられたはずなのだから。

オリヴィアとトニーを結びつけていたのは、トニーのひとり息子、ルイスの存在だった。オリヴィアが子守《ナニー》としてトニーの家で働き始めたとき、ルイスはまだ三歳だった。嵐《あらし》のような結婚生活の中で、オリヴィアが変わらず愛しているのは夫ではなく、ルイスだった。トニーが冷酷な男だったというわけではない。初めて会ったとき、オリヴィアはひと目で彼の魅力のとりこになった。だがトニーが自分とは違う思惑を持っていることは見抜けなかった。オリヴィアが一生連れ添える相手を探していたのに対し、トニーは息子の母親を探していたのだ。

ルイスは最初からオリヴィアによくなつき、オリヴィアはルイスかわいさゆえにトニーの欠点に目をつぶった。また、イギリスで平凡な教育を受けたオリヴィアにとって、トニーの誘惑は刺激的だった。トニーがどんなに口が上手かを、オリヴィアほどよく知っている者はいない。

トニーの葬儀は悪夢さながらだった。レポーターたちが押しかけ、悲しみにくれる未亡人の写真を撮ろうと躍起になった。ところが、彼女はマスコミ受けするようなふるまいはせず、トニーの棺《ひつぎ》の横にひっそりと立っているだけだった。涙も見せないで。

オリヴィアは葬儀の場ではなく、バル・ハーバーにトニーが所有していた家の自室で泣いた。長年一緒にいた相手だ、何も感じないわけはなかった。それに、トニーがどんな嘘《うそ》つきかを思い知る以前には、彼のことを愛していたときもあったのだ。

しかし結局のところ、オリヴィアが人目を避ける生活を求めるようになったのは、トニーが理由ではなかった。オリヴィアはおなかのかすかなふくらみを撫《な》で、下唇を噛《か》んだ。

オリヴィア以外、誰も知らない秘密がそこにあった。

トニーの死後何週間も、オリヴィアは彼が死んだ晩に起こった出来事をあえて考えずに過ごした。トニーの情事のあと始末に没頭して、自分自身のことは考えまいとした。忙しくしていれば、その晩のことを忘れていられた。

クリスチャン・ロドリゲスを避けることのほうがずっと難しかった。トニーの右腕であり、血縁者でもあるクリスチャンは、いつでも無視しづらい存在だった。彼はオリヴィアを辱しめた。そして今になって、今度はオリヴィアの身を気遣うような態度をとっている。まるで今後のオリヴィアの人生に干渉する権利でもあるかのように。

ばかばかしい、とオリヴィアは心の中でつぶやいた。クリスチャンはわたしの人生など気にかけていない。あの晩わたしをたぶらかしたことが、何よりの証拠だ。

彼の本心を知っていながら近くにいるのは、オリヴィアにとって耐えられないことだった。クリスチャンのほうも自己嫌悪を感じているに違いない。彼はオリヴィアに同情しているのだ。

いずれにしても、オリヴィアは年をとりすぎているし、クリスチャンのような男性を引きつけるには平凡すぎる。彼はトニーに似て賢く、野心家だ。妻を選ぶなら、美人で、しっかりした家柄の女性を選ぶだろう。

クリスチャンの子どもを身ごもっているとわかったとき、オリヴィアは身を引く決意をした。ルイスはサンフランシスコの大学に行っており、オリヴィアがマイアミにいなければならない理由はない。サン・ジメノは申し分のない場所に思えた。

このときばかりは、オリヴィアはお金のありがたみを噛みしめた。トニーの遺産のほとんどはルイスの二十一歳の誕生日まで信託扱いになるが、トニーはオリヴィアにも充分な資産を遺《のこ》してくれた。世界各地にある六つの土地家屋のうち、バル・ハーバーの屋敷とマイアミのアパートメントは、オリヴィアのものとなった。また信託財産から毎年二百万ドル近くがオリヴィアに支払われることになっていて、この先、経済的な心配はいっさいしなくてすむ。

だが、オリヴィアには計画していることがあった。アメリカに戻ったらすぐに、遺産の大半を慈善事業に寄付するつもりなのだ。自分と子どもが暮らしていける分があればいい。オリヴィアは、ルイスが長年耐えてきたむなしさを、生まれくる自分の子どもには味わわせたくなかった。

それでもやはり、この島まで専用機をチャーターできる恵まれた環境に、オリヴィアは感謝していた。子どもが生まれるまでは、自分の居場所を秘しておきたかった。ルイスをむやみに傷つけたくはなかったし、クリスチャンにも知られたくなかったからだ。今のところ、クリスチャンは彼女が妊娠しているとは思ってもいないだろう。

バハマ諸島の中でも比較的小さなサン・ジメノ島は、観光とは無縁だった。大きなホテルはなく、ほとんどの住民が農業か漁業で生計を立てている。完璧《かんぺき》な隠れ家だわ、とオリヴィアは思った。ここへ来てまだ二カ月だが、この島が大好きになっていた。

景色を楽しんでいたベランダを離れ、オリヴィアは椰子《やし》の木が立ち並ぶ浜辺に向かった。芝生が足の裏をくすぐる。彼女ははだしで歩くときの自由な感じが好きだった。

フロリダ一裕福な男の妻として過ごしていた生活とはかけ離れていた。飾り気のないベストとデニムのショートパンツという妻の格好を、トニーが喜んだとは思えない。彼にとって大切なのは、オリヴィアが他人に自慢できる妻であることだった。だからこそ、オリヴィアは長い間、行動も服装もトニーの望むとおりにしてきたのだ。

トニーが死んだ今、二十二歳で結婚して以来初めて、オリヴィアはひとりの女性となった。誰かの機嫌をとることなど考えなくていい、自立した存在になったのだ。そう考えると彼女の気持ちは高ぶった。この興奮は……期待だろうか、それとも不安？

再びクリスチャン・ロドリゲスのことが頭に浮かび、オリヴィアは喉を詰まらせた。トニーがいなくなった今、オリヴィアが望めば、クリスチャンは力になってくれるはずだ。しかし、彼に助けを求めるつもりはない。そしてルイスにも。

子どもが生まれてからどこに住むか、オリヴィアはまだ決めていなかった。フロリダに帰るかもしれないし、この島にとどまるかもしれない。イギリスに帰るという手もある。彼女の決断は、これからの人生で何をするのか、生計を立てる手段として考えていることが実を結ぶかどうかにかかっていた。

肩に当たる日差しはまだ強い。あまり体に負担をかけてはいけないと思い、オリヴィアはため息をひとつついて方向転換し、家を目指した。

ベランダへと続く石段の上に、家政婦のスザンナが立っているのが見え、オリヴィアはなぜか不安になった。西インド諸島出身のスザンナとは、特に親しいわけではない。だが会ってすぐに、オリヴィアはスザンナに強い絆《きずな》のようなものを感じていた。

そして今、オリヴィアはスザンナの浅黒い顔に動揺の色を見て取り、胃のあたりが締めつけられるのを感じた。

「何かあったの?」オリヴィアは石段をのぼりながら尋ねた。

「アメリカからお電話です、ミセス・モーラ。お出になりたいかどうか、判断がつきかねたものですから」そわそわと両手をこすり合わせてスザンナは言った。

「誰からなの?」オリヴィアは驚いた。オリヴィアがここにいることは誰も知らない。少なくとも彼女はそう信じていた。

家政婦はオリヴィアを心配そうに見つめた。「ロデリックとか、ロドリゴとかいう名前だったと思います。お留守と言いましょうか?」

オリヴィアは手をぎゅっと握りしめた。「ロドリゲスじゃない?」彼女は動揺が声に出ないようにと願った。

スザンナはほっとしたような顔をしてうなずいた。「ええ、そうだったかもしれません。お知り合いですか?」

オリヴィアはたじろいだ。クリスチャン・ロドリゲスを知っているかですって? そうよ、確かに知っている。

「わたしが代わりに用事をうかがいましょうか?」オリヴィアの様子がおかしいと察し、スザンナが気をまわした。スザンナがここで働き始めてから八週間、アメリカからもほかのどこからも、電話は一度もかかってこなかった。

オリヴィアの心は揺れた。スザンナに応対してもらおうかしら？　わたしのほうからクリスチャンに話さなければならないことはない。彼はトニーとは違う。友人でさえない。こんなふうにわたしを追って電話をかけてくる権利などないはずだ。だけど、わたしがクリスチャンを避けていると思われてもいいの？　彼と話すのをわたしが恐れていると？

とんでもない！

「いいわ、スザンナ。亡くなった主人の仕事仲間だから」オリヴィアは弱々しいほほ笑みを浮かべて言った。

「大丈夫ですか？」

スザンナは疑わしげな顔をしている。オリヴィアは家政婦の心遣いがうれしかった。

「大丈夫よ。それよりアイスティーを持ってきてくれる？　喉がからからなの」オリヴィアは広々とした居間に足を踏み入れた。

「はい、かしこまりました」スザンナは家の裏手に続く長い廊下を歩いていった。

オリヴィアは重い足どりで電話に近寄った。花の飾られた暖炉の前にくすんだ黄色の革張りのソファが三つあり、電話はその傍らに置かれたテーブルの上にのっていた。開け放たれた窓から花の香りが漂い、オリヴィアの鼻をくすぐる。彼女は一度深呼吸をしてから、受話器を取りあげた。

「もしもし？　どなたでしょう？」オリヴィアは相手が誰かわからないふりをした。

「やあ、オリヴィア。クリスチャン・ロドリゲスだ。元気かい？」クリスチャンは手短に答えた。

オリヴィアは顔をこわばらせた。クリスチャンはどういうつもりで電話をかけてきたのだろう？

「なんの用かしら、クリスチャン？　どうしてここがわかったの？」オリヴィアは冷淡な口調で尋ねた。

一瞬の沈黙があった。どうやらオリヴィアの言葉が彼の気に障ったらしい。クリスチャンが怒ったときに出る特有のかすれ声が聞こえた。

「頼《ボル・フアヴオール》むよ、オリヴィア。ぼくだってこれくらいの情報源は持っている」

オリヴィアはソファの腕をつかみ、座りこんだ。「わたしの居場所を知っていたのね」

質問ではなく、確認するようなオリヴィアの口調に、クリスチャンはため息をついた。

「きみはアントニオ・モーラの未亡人なんだよ、オリヴィア。ぼくはトニーに恩義がある。きみをほうってはおけない。彼の信頼を裏切るわけにはいかないんだ」

オリヴィアの口もとがゆがむ。「よくもそんなことが言えるわね」

また沈黙が垂れこめる。今度の沈黙には敵意が感じられ、オリヴィアの言葉がクリスチヤンの神経を逆撫でしたのがわかった。彼が怒っているのは明らかだ。

「今は過去を蒸し返すときじゃないだろう、オリヴィア。トニーが死んで、きみは無防備な立場にいる。きみが困らないようにするのは、ぼくの責任だ」

「困らせているのはあなたよ」

オリヴィアの耳に、クリスチャンが荒々しく息を吸う音が聞こえた。ちょっと言いすぎたかもしれない、とオリヴィアは悔やんだ。クリスチャンはトニーのいい友人だったが、恐ろしい敵になる可能性も秘めている。オリヴィア自身のため、そして生まれてくる子どものためにも、彼の手助けは必要ないことを理解してもらわなくてはならない。

でも、どうすればいいのだろう?

改めて深呼吸をしてから、オリヴィアは思いつくままに説明を試みた。「失礼なことをしたのなら謝るわ、クリスチャン。でも、プライベートな時間が欲しいというわたしの気持ちをわかってほしいの。何をするにもあなたに報告しなければいけないわけではないでしょう」

再びクリスチャンを刺激するのを恐れて、オリヴィアは慎重に言葉を選んだ。なんとかして、彼の手助けがなくてもやっていけると納得してもらわなければ。

「いちいち報告しろとは言わないよ、オリヴィア。でも、どこか遠くへ出かけるなら、行き先くらいぼくの秘書にでも告げていくのが礼儀というものだろう」

クリスチャンの不機嫌な声に、彼が簡単にあきらめてくれそうにないと察し、オリヴィアの胸は沈んだ。

クリスチャンの秘書に滞在先の住所を告げるなんてとんでもない、挨拶《あいさつ》をするのさえいやなのに、とオリヴィアは心の中でつぶやいた。ドロレス・サミュエルズというその秘書はあまりに節操がなかった。一年前に今は亡きトニーに捨てられたあと、ずっとクリスチャンを追いかけまわしている。クリスチャンだってわかっているに違いない。あるいはもうすでに、ドロレスのあからさまな誘惑に乗ってしまったのだろうか？

オリヴィアは嫌悪感を隠そうとして、小声で応じた。「そうかもしれないわね」クリスチャンに詰問されているのが不愉快だった。まったく、わたしの夫でもあるまいし。彼に対して負い目を感じる必要なんかない。

「おせっかいが過ぎるように感じたのなら、悪かったね、オリヴィア。でも今の状況では、仕方なかったんだ」

仕方なかった？　オリヴィアは身をこわばらせた。何かわたしの知らないことがあるのだろうか？　まさか妊娠のことを……いや、それはありえない。産科医にかかっていることは誰にも話していないし、患者に関する情報について、医師は守秘義務を負っている。オリヴィアは頭を振った。誇大妄想よ。妊娠を疑われるようなことは何ひとつしていないはずだ。

「わからないわね。何が……仕方なかったの？」オリヴィアはなるべくさりげない声を出そうと努めた。

「ルイスが入院したんだ、サンフランシスコで」クリスチャンは単刀直入に答えた。

オリヴィアはソファに座っていてよかったと思った。さもなければ、ショックでその場にくずおれていたに違いない。

「入院ですって？　何があったの？　病気なの？」オリヴィアは弱々しくきき返した。受話器を持つ手に汗がにじむ。

「病気じゃない。ルイスが運転していた車が壁に衝突したんだ。彼は打撲、脳震盪《のうしんとう》……事故直後は首の骨折も心配された」

クリスチャンは、オリヴィアの胸中を気遣う様子もなく率直に話した。彼女のすすり泣きが聞こえてくると、彼はいらだって悪態をついた。

「ルイスは死ぬわけじゃないんだよ、オリヴィア。けがはしたが、骨折はしていない。腕のいい医者にかかり、時間がたてば、すっかりよくなるはずだ」クリスチャンは怒ったような声で諭した。

オリヴィアはごくりと喉を鳴らし、声を絞りだした。「本当にそう思う？」

「ああ。ぼくは専門家じゃないが、説明を聞いた限りでは、きみの最愛の息子さんは新品同様になるそうだ」

オリヴィアは身を硬くした。「こんなとき、皮肉なんか言わないで、クリスチャン。あなたもトニーも、手に貸借対照表を握りしめて生まれてきたんでしょう。でもルイスは違う。あの子は人生にはお金以上に大事なものがあることを知っているのよ」

「なるほど。だからポルシェ・ターボで飛ばしたわけか」クリスチャンの声は氷のように冷たかった。

オリヴィアは唇をわななかせた。「どうでもいいから病院を教えて。すぐにサンフランシスコへ行くわ」

「その必要はない」

「必要はないってどういう意味？　どの病院に入院しているの？　名前を教えてちょうだい。教えてくれないならこちらで調べるまでよ」事故の知らせを聞いた直後の動揺は、クリスチャンに対する怒りに取って代わられていた。

「落ち着いてくれ」クリスチャンはなだめた。

オリヴィアはひどく無力な気分に陥った。「ルイスに会わせまいとしても無駄よ、クリスチャン」

「彼に会わせないようにするなんて、とんでもない誤解だ、オリヴィア。けれど、きみがサンフランシスコに行く必要はないんだ。明日、彼をマイアミに移すよう手配した」

オリヴィアは息をのんだ。「なんですって？」とても信じられなかった。

「聞こえただろう、オリヴィア」

「でも……あなたにはそんなことをする権利はないわ」

「そうかな?」

「そうよ。転院なんて早すぎるわ。骨盤損傷って言ったわね。むち打ち症もあるかもしれないでしょう。それに脳震盪の具合はどうなの?」

「大丈夫」

どこまでも平然としているクリスチャンの返答に、オリヴィアは叫びたくなった。「そうだとしても、あの子のことに関してあなたが何もかもひとりで決めるのはおかしいわ。サンフランシスコに出向く時間を、あなたは惜しんでいるのね。なんでも自分の都合のいいように事を運ぼうとするんだわ」

「きみはそんなふうに考えるのか?」

オリヴィアはもはや何も言いたくなかった。だがクリスチャンに負けるわけにはいかず、背筋をぴんと伸ばして答えた。「そうよ。たぶんトニーが生きていたら同じ意見だったと思うわ」

クリスチャンのため息が聞こえた。姿は見えなくても、彼の怒りが今にも爆発しそうな気配が感じられた。

「念のために言っておくが、検査の結果、ルイスの担当医がマイアミの病院に移してもいいと許可を出した。ルイスは医療スタッフの整った傷病者緊急輸送機でサンフランシスコ空港を発《た》って、マイアミの〈セイクルド・ハート病院〉に運ばれる。これで安心したかな？」

オリヴィアは唇を湿した。「え、ええ」

「よかった。だったら残る質問は、きみがいつマイアミに来るかだ」

困ったわ。オリヴィアは柔らかな革張りのソファに沈みこんだ。予想できた質問だったが、クリスチャンの声を通してなされると、ひどく不吉な感じがした。「ルイスは明日マイアミに移されると言ったかしら？」オリヴィアは時間稼ぎに念を押した。

「そうだ。面会はあさってまで控えたほうがいい。木曜日の朝に迎えのヘリコプターを向かわせるよ。十時半に――」

「マイアミへ戻るのに、あなたの手は借りないわ。自分で飛行機を手配できるから」

「やめてくれ、オリヴィア。サン・ジメノ島からだと、いったんニュー・プロヴィデンス島へ行かなければ飛行機に乗れないだろう」クリスチャンはじれったそうに言った。

「チャーター機というものがあるのよ。パイロットを雇うくらいのお金はわたしにもあるわ」オリヴィアはクリスチャンに口を出させたくない一心で言い返した。

「〈モーラ・コーポレーション〉の所有するヘリコプターが二機あるのに、どうして飛行機をチャーターするんだ？　ぼくが迎えに行くのがいやだと言うのなら、マイク・デラノを行かせるよ」

「誰にも来てもらう必要はないわ」オリヴィアはなおも言い張った。

「いいかい、オリヴィア。今のところなんとか隠していられるが、きみが飛行機を手配したりしたら、誰かが絶対にかぎつける。きみがぼくを嫌っているのはよくわかった。そんなことは八年前から知っていたさ。そして、トニーが死んだ夜の出来事は許されないことで、きみはそのことを忘れさせてはくれない。それもかまわない。きみだってぼくと同じくらいに求めていたはずだなどと言って、きみを辱しめたりはしない。でも今回の件は別だ。ルイスをマスコミの攻撃から守らなければならない。父親が死んだあとのあれこれを考えれば、きみだってそう思うだろう」

わたしがこの島に逃げてきた本当の理由を知ったらクリスチャンはどうするだろう、とオリヴィアは考えた。心の整理をするためにひとりきりの時間が欲しいと言ってルイスを説得するのは容易だった。しかしクリスチャンを説得するのはもう少し手こずった。

「オリヴィア、これはぼくのためじゃないんだ。ルイスはきみに会いたがっている。意識が戻ってから、きみのことばかり口にしている」

オリヴィアは震える息を吐いた。「わたしだって会いたいわ」

「迎えのヘリコプターを送らせてくれ」

オリヴィアはなおも迷った。「木曜日の朝と言ったわね？」

「そうだ」

オリヴィアは頭を振った。ここでさらに抵抗したら、彼によけいな猜疑心《さいぎ》をいだかせてしまうのではないだろうか？

「考えてみるわ」クリスチャンに承諾の意味にとられることを覚悟のうえでオリヴィアは答え、彼が何か言う前に電話を切った。

2

雨が降っていた。

マイアミは降水量の少ない地域だが、いざ降るとなると土砂降りになる。今回の雨はハリケーンがもたらしたものだが、ハリケーンそのものは本土に達する前に熱帯低気圧になった。この季節最後のハリケーンかもしれないと思っても、不愉快な気持ちがやわらぐわけではない。不機嫌なまま車を降りたクリスチャンは、上等なウールのイタリア製スーツの肩から雨粒を払いながら、〈モーラ・コーポレーション〉の本社へ大股で歩いていった。

幸い、ハリケーンはバハマ諸島を通らなかった。襲われたのはメキシコ湾に沿って点在する島々だ。オリヴィアが旅程を変更する理由は何ひとつないはずだった。それなのにヘリコプターはオリヴィアを乗せずに戻ってきて、その後彼女とはまったく連絡がとれない。

クリスチャンは大理石のロビーを横切った。優雅な雰囲気をかもしだしている円天井や高価な美術品には目もくれない。この建物のすばらしさは多くの新聞や雑誌で取りあげられているが、この憂鬱《ゆううつ》な木曜日の朝、クリスチャンに周囲の光景を楽しむゆとりはなかった。この会社のトップにまでのぼりつめた自らの成功さえ、今日は色あせて見えた。

父親のいとこであるトニー・モーラから一緒に働こうと誘われたのは、またとない幸運だった。当時クリスチャンはまだ学生で、法学の学位を取得するため、二つのアルバイトをこなして学費を稼いでいた。すでに両親は他界していた。ベネズエラの祖父母を訪ねたときに山崩れに巻きこまれてしまったのだ。だがクリスチャンは、自分のほうからこの遠い親戚《しんせき》に連絡をとる気はまったくなかった。

いとこの訃報《ふほう》を聞いて、遺族の力になりたいと考えたトニーは、卒業後は自分の会社で働くという条件つきで学費の面倒を見ようとクリスチャンに申し出た。そのとき、トニーは亡きいとこのために何かしたいと言った。クリスチャンはそれを言葉どおりに受け取ったが、のちにそれ以上の意味があったことを知った。

トニーは見返りなしに人を助けるような男ではなかった。何回か会っただけで、彼はクリスチャンの頭のよさを見抜いていた。彼は信用できる誰か、頼れる誰かが欲しかったのだ。血縁というのは、トニーにとって大いに意味のある要素だった。息子のルイスが成人するまで、血のつながっている者に自分の右腕になってもらえれば、と願っていた。

それに、もしかしたらトニーは息子が自分とは違うことに感づいていたのかもしれない。クリスチャンの見たところ、ルイスは父親よりも母親に、あるいは継母《ままはは》のオリヴィアに似ていた。

冷静で美しいオリヴィアは、クリスチャンに好意を示したことは一度もない。彼がトニーの申し出を受けた理由は家族の絆《きずな》とはまるで無縁だとでもいうように、彼に対して侮《ぶ》蔑《べつ》の念を隠そうともしなかった。それがオリヴィアの思い違いだとわかっても、彼女はクリスチャンに対する態度を改めようとはしなかった。

トニーのもとで働き始めて数週間のうちに、クリスチャンはオリヴィアの結婚生活がむなしいものであることを知った。トニー・モーラは生まれつき、どんな女性に対しても誠実になれない性格だった。オリヴィアがクリスチャンに疑念をいだいているのは、彼個人というより男性全般を信じられなくなっているせいかもしれない。

自分はさんざん浮気をしておきながら、トニーはオリヴィアに近づく者を許さなかった。クリスチャンにも、オリヴィアと距離をおくだけの分別はあった。もっとも、オリヴィアはルイスさえいれば満足らしかった。

ロビーに置かれたガラス机の向こうで受付係がほほ笑んだ。しかし、クリスチャンは無愛想に挨拶《あいさつ》を返しただけだった。

なぜオリヴィアは迎えのヘリコプターに乗らなかったのだろう?

病院へ行く前に気まずさを解消しておいたほうがいいと考えて、クリスチャンは自ら空港に出向いた。ルイスの前でオリヴィアが何か言うとは思わなかったものの、ルイスが二人の間に漂う緊迫感を察して不審をいだく恐れがあった。

ヘリコプターはオリヴィアを乗せずに戻ってきた。顔をしかめたクリスチャンに、島の小さな空港にオリヴィアは現れなかった、とパイロットは言った。

なぜオリヴィアは電話にも出ないのだろう?

クリスチャンはエレベーターに乗り、必要以上の力を入れて四十二階のボタンを押した。まったく、何がどうなっているのかさっぱりわからない。

秘書のドロレス・サミュエルズが、オフィスの戸口でクリスチャンを出迎えた。小柄で色黒で情熱的なドロレスは、すべてのしぐさにラテン的な雰囲気を感じさせる。クリスチャンの不機嫌な顔を見て、秘書は両手を派手に動かしてみせた。

「彼女、来なかったのね」黒い目を見開き、わけ知り顔に言う。

クリスチャンは秘書を見返した。「どうして知ってるんだ?」

ドロレスは思わせぶりに舌先で唇をなめた。「病院にいるマイク・デラノから電話があったの。ミセス・モーラは、あなたが空港に向けて出かけたほんの数分後に病院に姿を現したそうよ」

クリスチャンの表情が険しくなる。「だったらなぜすぐぼくに連絡をよこさなかった? そうすれば時間が節約できたのに」

「マイクが、あなたには知らせないようにと彼女から釘《くぎ》を刺されたからよ。わたしに怒らないでちょうだい。わたしはマイクが知らせてきたことを伝えているだけなんだから」

「いったいいつから、マイクはミセス・モーラの指図を受けるようになったんだ？　きみでなく、ぼくに電話をよこすべきだ」クリスチャンは苦々しく言った。

「連絡したらあなたが病院へ向かうとわかっていたからだと思うわ。それにミセス・モーラはルイスの母親だから、あなたに邪魔をされたくないのよ」ドロレスは黒い巻き毛を指に巻きつけながら言った。

「彼女はルイスの継母だ」クリスチャンは秘書の言葉を訂正した。

　彼のいらだった声を聞いて、ドロレスは目を大きく見開いた。「それがどうかして？　ミセス・モーラはお年寄りで、トニーの未亡人でもあるのよ。マイクは彼女の言うことを無視できなかったんでしょう」

　クリスチャンはなぜか無性に腹が立った。「オリヴィアは年寄りじゃない。彼女は……三十七歳、いや、三十八歳か？　いずれにしろ年寄りとは言わないだろう、ドロレス」

「わたしにとっては充分年寄りだわ。あなたから見てもそうでしょう？　まさか、冷たい未亡人に興味があるなんて言わないで」ドロレスはそう言って、しげしげとクリスチャンを見た。

　話題がごく個人的なことに及び、クリスチャンは苦々しく思った。これまでもドロレスが似たような話を持ちだしたことは何度かある。そのたびに、クリスチャンはいつもはぐらかしてきた。ドロレスは詮索《せんさく》好きで挑発的で、おしゃべりだ。トニーに捨てられて以来、彼女は直接の上司であるクリスチャンを追いまわしていた。

「ミセス・モーラがきみにあれこれ言われるのを喜ぶとは思えないな。今後は仕事のことだけ考えるようにしたほうがいい。きみは優秀な秘書だよ、ドロレス。首にしないようトニーに頼んだ理由はそれだけだ」クリスチャンはそっけなく言った。

「そうするわ」ドロレスは無愛想に言い、自分のオフィスへ戻った。

病院へ行こうと気がせいていたクリスチャンは、彼女の後ろ姿を黙って見送った。それからいらいらと携帯電話を取りだし、運転手に車を地下駐車場にまわすよう命じると、エレベーターに向かった。


〈セイクルド・ハート病院〉はマイアミの繁華街にある。クリスチャンの車は、フラグラー通りの外れにある病院に着くまで、混雑した通りを走らなければならなかった。彼は運転手を断り、自ら運転してきた。雨がフロントガラスを洗い、ほかの車の排気ガスが車内に侵入してくる。クリスチャンはすっかり気分がめいった。

なぜオリヴィアは自分で病院に行くことを選んだのだろう？　ぼくとはこれ以上かかわりたくないという意思表示だろうか？

クリスチャンは歯を食いしばった。遅かれ早かれ、オリヴィアはクリスチャンと話し合いを持たざるをえなくなる。彼は、今後オリヴィアが裕福でいられるかどうかを決定する遺言執行者のひとりだった。オリヴィアがどう思おうと、この事実は動かしようがない。

クリスチャンが病院の駐車場に車を入れたのは、昼過ぎだった。駐車場はいっぱいだったが、制服姿の警備員に掛け合って百ドル紙幣を握らせた結果、関係者専用の駐車場に入ることを許された。彼は再び雨に濡《ぬ》れながら病院の玄関へと向かい、ようやく明るい照明が施されたロビーに入った。

いくつかの警備チェックを受けたあと、クリスチャンは二階へ続く階段をのぼった。エレベーターの前は人だかりがしていて、患者やストレッチャーを押す職員が優先されるエレベーターを待つ気にはとてもなれなかったのだ。それに、少し体を動かして、ささくれだった神経をなだめたくもあった。だが、ルイスの病室に着いたときも、すっかり冷静になったとはいえない状態だった。

オリヴィアはベッドの傍らに座り、上掛けの上に置かれたルイスの手を握りしめていた。ルイスのほうに身をかがめ、何か話していたようだった。その穏やかな空気はクリスチャンがドアを開いたとたんに消え、ぴんと張りつめた。

マイク・デラノの姿がなかったことに、クリスチャンは驚きもしなかった。クリスチャンに連絡しないようにとオリヴィアに言いくるめられたとあれば、いつまでもここにいようとは思わないだろう。

クリスチャンは、マイクとはあとで片をつけることにした。今はいらだちを隠そうともせずに灰色の目で彼を見つめているオリヴィアと対決しなければならない。彼女は明らかに怒っていた。だが、クリスチャンとて同じだ。オリヴィアの目にこめられた憎しみにひるんだりしてはいられない。

「やあ、ルイス。具合はどうだい？」視線をオリヴィアからベッドに寝ている若者に移し、クリスチャンは笑みを浮かべて容態を尋ねた。

「大丈夫だよ。ありがとう」言葉とは裏腹に、ルイスの顔は引きつり、顔色も悪い。

「それはよかった。飛行機で移動した影響はなかったかい？」

「ちょっと疲れただけさ。付き添ってくれてありがとう、クリスチャン。白衣を着た人たちの中に見慣れた顔があって心強かった」

オリヴィアはクリスチャンをちらりと見たあと、ルイスに視線を戻した。「クリスチャンがサンフランシスコまで迎えに？　言ってくれれば、わたしが行ったのに」オリヴィアの困惑気味低い声には刺《とげ》が感じられた。

再びオリヴィアはクリスチャンを見た。しかし、クリスチャンが口を開く前にルイスが言った。

「クリスチャンは事故の翌日に駆けつけてくれたんだ。マイアミに移っていいと許可が出るまでそばにいてくれて、一緒に戻ってきた」

オリヴィアの手が膝の上でぎゅっと握りしめられた。彼女は何か言いたそうなそぶりを見せたが、今度はクリスチャンが先を越した。

「きみにはサンフランシスコから電話したんだ。気づくかと思ったんだが」

オリヴィアの柔らかな唇が引きつっている。そう思ったとたん、クリスチャンは顔をしかめた。どこからそんな考えが浮かんだのだろう？　オリヴィアの唇が柔らかいなんて。今は怒りで震えているというのに。

オリヴィアは何も言わず、ルイスに視線を戻した。「クリスチャンがそばにいてくれてよかったわね」

「ああ。感謝してるよ。ポルシェを壊したことも怒らなかったし」ルイスはありがたいという顔になって、クリスチャンを見やった。

「怒るのはこれからだ。泥酔して運転していたとわかったりしたら、容赦はしないぞ。きみにはもっと安全な車が向いているようだ。今度は小型車を買ってやろう」クリスチャンは真顔で言った。

「また運転できるならね」

突然、ルイスの目から涙がこぼれ落ちた。オリヴィアがおろおろして彼の手を握りしめた。

「運転できるに決まってるでしょう。そうよね？」オリヴィアは親指でルイスの涙をぬぐいながらクリスチャンに同意を求めた。

「もちろんだ。医者の指示に従って、おとなしく治療に専念すればね。数週間も寝ていたら、びっくりするくらいよくなるさ」クリスチャンはルイスの肩にそっと手を置いた。

「本当に?」ルイスは洟《はな》をすすった。

ドアがノックされ、白衣姿の看護師が入ってきた。クリスチャンは内心ほっとした。

「そろそろ診察の時間です。ドクターが待っています。患者さんを診察室に運んでよろしいですか?」

オリヴィアが立ちあがったとたん、クリスチャンは彼女の背の高さとほっそりした体形に目を引きつけられた。銀色がかった蜂蜜《はちみつ》色の髪がうなじのあたりで革紐《ひも》でまとめられている。ゴールドのループ形のイヤリングが、華奢《きゃしゃ》な首の線を際立たせていた。

彼女はクリーム色のシルクのブラウスにジーンズという格好で、腰にベルトをゆったりと巻いていた。クリスチャンが見慣れている、デザイナー・ブランドのスーツとはだいぶ趣が違う。小さな変化かもしれないが、その意味するところは大きい。ぼくに対する態度も、自立したいという気持ちの表れなのだろうか、とクリスチャンは自問した。

彼には、オリヴィアの侮蔑するような視線がつらかった。自分が間違いを犯したことは認める。それも大きな間違いを。だが、オリヴィアが積極的でなかったら、彼もあそこまで思いきった行動には出なかった。

クリスチャンは苦々しくゆがんだ口もとを無理にほころばせ、看護師の手でベッドごと移動中のルイスに言った。「退院後のことは考えておくよ。必要最低限の入院ですませたいんだったな?」

うなずくルイスの顔は不安そうで、オリヴィアは身を乗りだしてもう一度ルイスの手を握った。「わたしがついてるわ。心配しないで、ルイス。ちゃんとよくなるわ」彼女は義理の息子のこめかみにキスをした。

オリヴィアはルイスのベッドと一緒に廊下へ出て、彼が診察室へと運ばれていくのを見送った。それから、永遠にクリスチャンを無視しているわけにはいかないことに気づいたかのように、彼のほうを見やった。

「失礼するわ。コーヒーを飲みたいの」

オリヴィアの肩をつかんで引き止めたい衝動を抑えるため、クリスチャンは両手を上着のポケットに突っこんだ。オリヴィアは本当に、あの晩の出来事をいともたやすく忘れてしまえると思っているのだろうか? ぼくがどんなに怒っているか、わかっているのだろうか?

「一緒に行く」感情を抑えた声でクリスチャンは言った。

オリヴィアは迷惑そうだったが、かすかに肩をすくめただけで何も言わず、エレベーター・ホールへ向かって歩きだした。

クリスチャンはいらだちを抑え、オリヴィアと一緒にエレベーターを待った。病院の職員や見舞客、患者たちの出入りにわずらわされながら、二人は地下にあるカフェテリアにたどり着いた。

ありがたいことに、昼食時の混雑が終わったあとで、カフェテリアはすいていた。夕食時の混雑が始まるまでにはだいぶ間がある。

調理場から漂ってくる匂《にお》いで、クリスチャンは朝食のあと何も口にしていないことを思い出し、コーヒーのほかにチーズバーガーとフライドポテトを注文した。

「きみは何がいい？」遅れてセルフサービスのカウンターにやってきたオリヴィアに、クリスチャンは尋ねた。

オリヴィアは冷ややかなまなざしを彼に向けた。「コーヒーだけでいいわ」

クリスチャンがうなずくと、彼女はテーブルのほうへ歩いていった。

クリスチャンはトレイを手に、オリヴィアの待っているテーブルへと歩いた。彼女はいかにも落ち着かない様子で座っていた。室内の真ん中にあるテーブルを選んだのは少しでも親密な雰囲気になるのを避けたいからだろう、と彼は推測した。

トレイの上にのっているものを見たとたん、オリヴィアの顔色が変わった。確信はなかったが、クリスチャンには彼女が青ざめたように思えた。息遣いが乱れ、襟もとのシルクのリボンをさかんに指でいじっている。淡い色の布地の下にはつややかな肌がうかがえ、その官能的な魅力には無視できないものがあった。

「どうかしたのか？　本当に、食べ物は何もいらないのかい？」クリスチャンは尋ねながら、オリヴィアに文句を言われるのを承知で彼女の正面に座り、チーズバーガーとフライドポテトののったトレイをテーブルに置いた。

「ええ、けっこうよ」

オリヴィアは顔の前で手を振った。食べ物の匂いを払っているようだ。オリヴィアが空腹のあまり気分が悪くなってもぼくのせいではない、とクリスチャンは自分に言い聞かせた。おそらく昼食を食べていないのだろうが、意地を張って空腹をこらえるなんて愚かにもほどがある。

クリスチャンは肩をすくめ、チーズバーガーにかじりついた。こうした安い食べ物で暮らしていた時代はとうに過ぎ去ったが、肉汁たっぷりのハンバーガーを食べるといつでも、彼は学生時代を思い出した。そして父のいとこの妻に初めて会ったときのことを……。

オリヴィアはクリスチャンと話す気がまったくないようだった。食べている彼を見るのもいやだというように、そっぽを向いている。クリスチャンは口の中のものをのみ下した。

「ぼくが差し向けたヘリコプターに乗らなかった理由を教えてくれないか。前もって連絡してくれてもよかっただろう。そうすればパイロットに無駄な飛行をさせずにすんだ」

オリヴィアは息を吐き、クリスチャンを見ないで言った。「連絡してもあなたは納得しなかったでしょう。手助けはいらないとはっきり言ったはずなのに」

母語のスペイン語で悪態をつきたくなるほどに、クリスチャンは怒りを感じた。「ヘリコプターはぼくのものじゃない。〈モーラ・コーポレーション〉が所有している。きみにも使う権利がある」

「それが何か?」

オリヴィアはまた顔の前で手を振った。クリスチャンは彼女の唇の上が汗ばんでいることに気づいた。コーヒーに口をつけようともしない。ぼくとほんの少し会話をすることさえ苦痛なのだろうか? そう思うと、彼はつらくなった。

クリスチャンは急に食欲を失い、ハンバーガーを脇《わき》にのけた。「これから何年もの間、こうやって角を突き合わせながら過ごしていくつもりか? オリヴィア、きみはぼくを嫌っている。だが、それを言うなら、ぼくだってきみにぞっこんというわけじゃない。しかし、ぼくたちは今後、手を携えて働いていかなくてはならないんだ。休戦するわけにはいかないか?」

オリヴィアの目がクリスチャンに向けられた。その目に浮かんでいたのは、彼が予想していた憎しみではなく、動揺だった。

「化粧室はどこ?」オリヴィアは喉を詰まらせ、手で口を覆った。クリスチャンが周囲を見まわしているうちに、オリヴィアは席を立ち、大慌てでカフェテリアを出ていった。

クリスチャンはあとを追ったものの、何ひとつ手助けはできなかった。カフェテリアを出たとき、オリヴィアが〝女性用〟と書かれたドアの向こうに消えるのが見えた。彼はため息をつき、オリヴィアが現れるまでその場で待つことにした。

オリヴィアが出てきたのは数分後かもしれなかったが、クリスチャンにはそれよりずっと長く感じられた。彼女の顔色は前よりもさらに悪く、目の縁がピンク色に染まり、口のまわりが赤くなっていた。

オリヴィアは具合が悪かったのだ、とクリスチャンは悟った。ルイスの事故でこんなにも動揺していたとは。クリスチャンは彼女を気遣わしげに見つめた。「大丈夫かい？」

大丈夫ではなかった。しかし、気丈にもオリヴィアはしっかりしたふりを装った。「きっと何か悪いものを食べたのね。それにルイスの様子にショックを受けたから。まさか首に固定具を装着しているとは思わなかったわ」

「傷の悪化を防ぐために、首を固定しておく必要があるらしい。背骨は折れていないと言っただろう」

「それでも……」

「オリヴィア、ルイスには体の麻痺《まひ》はない。確かに今は腰の具合がはかばかしくないだろう。だが、じきによくなる。サンフランシスコで診てもらった医者の話では、ルイスはとても幸運だったらしい」

オリヴィアは唇を噛《か》んだ。「ルイスは、痛みはあまりないと言っていたわ」

彼女の言葉に、クリスチャンはうなずいた。「手術の必要はないそうだ。交通事故の場合、体内に損傷が生じる可能性がある。でもルイスには内出血がまったくなかった」

「不幸中の幸いね」

「まったくだ。数週間おとなしくしていれば、ちゃんと立てるようになる」

「そう思う?」

「ああ」

オリヴィアは頭を振った。「ありがたいわ。もしも……」

「オリヴィア、もしもなんて言いだしたらきりがない。もしルイスがあんなにスピードを出していなかったら？　もしルイスがあの高速道路を走っていなかったら？　でも、彼はスピードを出していたし、あの高速道路を走っていた。そして事故が起こった。だったら、できるだけ彼が立ち直りやすくしてやるのが、ぼくたちの務めじゃないか?」

オリヴィアは冷ややかにきき返した。「〝ぼくたち〟?」

「そうだ。カフェテリアに戻って座らないか?」

「あそこはいや。階上《うえ》に戻りましょう。ルイスが診察から戻っているかもしれないわ」オリヴィアはカフェテリアに背を向けた。

「いや、まだだろう」否定したあとで、クリスチャンは懇願するような口調で言い添えた。

「オリヴィア、少し話そう。待合室かどこかで。面会者用の部屋があるはずだ」

クリスチャンにはオリヴィアが迷っているように見えた。

「いいわ」オリヴィアの返事はクリスチャンの予想とは逆だった。「どんなふうに事故が起きたのか、どういうわけであなたに連絡がいったのか、教えてちょうだい」

クリスチャンの口もとがこわばった。ああ、そういうことか、と納得すると同時に、彼の心は沈んだ。オリヴィアにとってはそれが最大の関心事で、事故の何カ月も前にあった出来事や、その始末をどうつけるかは問題ではない。クリスチャンとは必要最低限の話しかしないつもりなのだ。

二人はエレベーターではなく、階段を使った。オリヴィアは、消毒剤や薬の匂いが充満した狭い箱に閉じこめられたくない様子だった。

二階の待合室はルイスの部屋の近くだった。クリスチャンは部屋に誰もいないのを見てほっとした。一方のオリヴィアはあまりうれしそうではなかった。

部屋の隅にコーヒーの自動販売機があり、クリスチャンは腰を下ろす前に、湯気の立つ飲み物を二つのカップに入れてきた。オリヴィアは肘掛け椅子に座り、クリスチャンはその向かいのソファに座った。彼はカップをテーブルに置くと、太腿に肘をかけ、脚の間に両手をだらりと下げた。

オリヴィアがクリスチャンを見るのを避けていることに、彼はいやでも気づいた。彼女は軽く頭を下げて感謝の意を示し、コーヒーをひと口飲んだ。それからカップを両手で持ったまま、クリスチャンが存在しないかのように考え事にふけっている。彼女が考えているのはルイスのことだけなのだろうか、とクリスチャンは思いを巡らした。

だが、今はあえてオリヴィアにきかず、彼は気持ちを切り替えて口を開いた。「まず決めなければならないのは、ルイスが退院したあと、どこで療養するかだ」

彼の言葉はオリヴィアの注意を引いた。淡い灰色の目でクリスチャンを見つめる。「どこで療養するかですって？　そんなことを決めるのはまだ早いんじゃないかしら？　どれくらい入院するかもわからない段階なのに」

クリスチャンはカップを口に運んだ。もう少し薄ければ、おいしいコーヒーだ。「あまり長くはないだろう。手術の必要のない患者はできる限り早く退院させるのが今や常識だ。医師は家で治療を続けるように勧めるだろう」

「家で？　でも……ルイスのアパートメントはバークリーにあるのよ。彼の世話をする人などひとりもいないわ」

クリスチャンはカップを置き、オリヴィアをじっと見た。「バル・ハーバーの家で彼の面倒を見るというのはどうかな？　西海岸へ行く前は、ルイスだってあの家で暮らしていたんだし。きみがマイアミを離れる決心をしたのはわかっている。だからといって、帰れないわけじゃないだろう」

3

いいえ、帰れない。

オリヴィアはうろたえた。もちろんクリスチャンの言葉は予測していたが、こうしてはっきり言われると、彼女はひどいショックに襲われた。

クリスチャンはわたしがルイスの面倒を見るものと思いこんでいる。過去十五年間そうしてきたように、ルイスの母親であり続ける、と。だがそれはできない。とうてい無理だ。すぐ近くにクリスチャンがいて、好きなだけ行き来ができるような場所に長く滞在するなど、考えられない。

「できないわ。ルイスの力にはなりたいけれど……フロリダに戻ってくるつもりはないの」オリヴィアは、ルイスへの同情や母性本能に惑わされる前に、急いで言った。手が震えて落とさないよう、カップをテーブルに置く。

クリスチャンの顔に怒りがよぎった。彼は必ずしもハンサムではなかったが、力強い顔立ちには官能的な魅力が備わっていた。もっと言えば、性的な魅力だ、とオリヴィアは認めざるをえなかった。しかしこのときの彼は、官能的でも性的でもなかった。

「これからどうするつもりなんだ?」クリスチャンは尋ねた。

あなたには関係ないとつっぱねたいのを、オリヴィアはぐっとこらえた。「実はやりたいことがあるのよ」彼女は漠然とした答え方をした。彼女の計画には、これからの何カ月かをクリスチャンの疑いをかわしながら過ごすということは入っていない。

「何をするつもりだい?」クリスチャンはきき返した。

この人は自分がどんなに傲慢《ごうまん》に見えるか気づいていないのだろうか、とオリヴィアはいぶかった。いえ、おそらく気づいているに違いない。彼女はクリスチャンの険しい顔を見て、ひそかに胸がときめくのを感じた。

自分が何をしているか、クリスチャンはいつでも心得ている。トニーのもとで働き始めるやいなや、クリスチャンは自分の目指すところを自覚した。つねにトニーの後継者であろうとし、今やそれは実現した。とはいえ、オリヴィアに家族としての義務を押しつける権利はない。

オリヴィアはかすかな罪悪感を感じた。クリスチャンに彼の子どもを身ごもっていることを隠し続けようとするわたしに、家族の義務がどうのこうのと言う資格があるだろうか? もし妊娠していることがわかったら、クリスチャンがどう出るかは明らかで、それこそオリヴィアの恐れている事態だった。彼は子どもの父親としての役割を果たそうとするだろう。

だが、トニーとの結婚と同じような結婚をもう一度するなど、オリヴィアはまっぴらだった。トニーが愛をまっとうするために結婚したと考えたわたしはあまりに世間知らずだったかもしれない。でも、ある程度の誠実さは期待してもよかったはずだ。結婚式から何週間もたたないうちに、オリヴィアはトニーが結婚前に交際していた女性とまだ関係を持っていることを知った。トニーには生活スタイルを変えるつもりはまったくなかったのだ。

クリスチャンも同じだ。トニーのもとで働き始めてからクリスチャンがつき合った女性の数は、オリヴィアの知る限りでも相当な数にのぼる。オリヴィアに対しても、トニーと同じ程度にしか敬意を払っていないようだ。

もちろんオリヴィアの心の中には、ひそかに自負している部分もあった。もしかしたらクリスチャンにプロポーズされるかもしれない、と。彼女はクリスチャンより六歳も年上だ。彼の子どもを身ごもったからといって、彼が自由をあきらめるとは限らない。それでも、クリスチャンはトニーと同じく血縁を重んじている。だから、自分の子どもに名前を与えるためなら、自由を放棄するのをいとわないかもしれない。

今でさえ、オリヴィアは自分のとった行動が信じられなかった。なんて軽率だったのだろう。そして今、わたしはこうしてそのつけを支払わされている。自立した立場を守りたいなら、クリスチャンの子どもを身ごもっていることを隠しとおす必要がある。

　クリスチャンが答えを待っていることに気づき、オリヴィアは彼に笑われるのを覚悟のうえで、胸の内を少しだけ打ち明けることにした。「子ども向けの絵本をつくりたいの。ずっとやりたかったんだけど、これまでは時間がなかったから」

「なるほど。これまでは……何をするのに忙しかったんだい？」クリスチャンはからかうような笑みを浮かべた。

「あなたには関係ないわ。とにかく、そういうわけなのよ」オリヴィアはそれ以上説明するのを拒否した。

「トニーとの結婚生活では、ペンを手にする時間がまったくなかったというのか？」

　オリヴィアの口もとがこわばった。「そういう時間をまとめてとることはできなかったわ」

　クリスチャンはカップを手にし、冷めてしまったコーヒーを口に含んだ。だが彼の目はカップの縁越しにずっとオリヴィアを観察している。オリヴィアは鼓動が速まり、てのひらが汗で湿るのを感じた。クリスチャンの目は節穴ではない。絵本をつくりたいという思いがどこから出てきたものか、不思議に思っているに違いない。

　トニーが亡くなる前は、オリヴィアが絵本をつくるなど考えられないことだった。自分のことは棚に上げて、トニーはつねにオリヴィアが彼の妻であることを要求した。ルイスに関してはオリヴィアに任せきりだったが、それ以外のことでは自分の流儀を押しつけた。

オリヴィアは自分の気持ちを抑え、ルイスに童話を読み聞かせたり、絵を描（か）いてみせるだけで満足していた。

　クリスチャンがゆっくりとカップをテーブルに置くのを見て、オリヴィアは反射的に身構えた。今度は何を言うつもりだろう？

　彼は長い指で、上等なウールのズボンのしわを伸ばした。何気なくズボンのしわを伸ばしているその手に、かつて素肌を愛撫《あいぶ》されたことを、オリヴィアは意識せずにはいられなかった。クリスチャンにナイトガウンを脱がされたときの感覚を、彼女は今も覚えていた。素肌が触れ合ったときの、あの熱い触感……。

「好きにしたまえ《ロ・ケ・セア》」クリスチャンは肩をすくめた。

　彼が母語のスペイン語を使うのはいらだっているときだと、オリヴィアは承知していた。そういえば愛を交わしている最中も、彼はスペイン語を口にした。髪の中に差し入れられた彼の手や、口もとを探る唇などがよみがえり、熱いものが体の奥底から全身に広がっていく。オリヴィアは思わず手で頬を押さえた。

　クリスチャンと愛を交わしたわけではない、とオリヴィアは心の中できっぱりと訂正した。二人の間にあったのは激しい欲望だけで、愛とは無縁だ。純粋に、単純に、体の関係を持ったにすぎない。いいセックスと言えるだろう。正直に認めるなら、すばらしいセックスだった。もっとも、あれこれ比べられるほどオリヴィアは経験豊富というわけではない。彼女がベッドを共にした男性はトニーただひとりなのだから。

なぜクリスチャンと関係を持ってしまったのだろう？　これまで何度も繰り返してきた問いかけがよみがえる。クリスチャンはむやみに危険を冒す人間ではない。これまで数多くの女性とつき合ってきたはずだが、一度たりとも子どもの認知訴訟を起こされたことはない。それなのに、わたしを抱いたとき、彼はいっさい避妊をしなかった。不注意が高くつく可能性を考えなかったのだろうか？

ただひとつ考えられるのは、トニーの死に、クリスチャンもまたオリヴィアと同じくらいショックを受けていたということだ。クリスチャンもまた、慰めが欲しかったのだろうか？　オリヴィアに真相を確かめる術《すべ》はなかった。

オリヴィアは頬から手を離し、カップの位置を直した。おそらくクリスチャンはわたしがピルをのんでいると思いこんでいたのだろう。わたしとトニーとの間には、子どもができなかったのだから。ここ数年、二人が名ばかりの夫婦だったことなど、クリスチャンは知る由もない。そしてもちろん、ルイスが生まれた直後にトニーが男性避妊手術を受けていたことも。

その事実を知ったとき、オリヴィアは大きな衝撃を受けた。誠実とは言いがたい夫とはいえ、オリヴィアは自分の子どもが欲しかった。子どもがトニーとの結婚生活のむなしさを埋め合わせてくれるのではないかと期待していたのだ。

だが今となっては、それも遠い昔のことだ。オリヴィアは衝撃を克服した。ルイスも実の母親以上にオリヴィアを愛してくれていた。

ルイスの母親は、彼を産んだ直後に亡くなった。この悲惨な出来事が、トニーをして、ベネズエラで両親を亡くしたクリスチャンの世話を買って出るという行動に走らせた。自分もいつかは死ぬ、そしてそれはいつ訪れるかわからない、という思いが胸に深く刻まれていたのだろう。

「きみが自分でルイスに話すかい？　それともぼくから伝えようか？　ルイスはがっかりするだろうな。でも彼がバル・ハーバーの家に滞在したいと望むなら、二十四時間フルタイムで彼の世話をする医療スタッフを手配しよう」

クリスチャンが唐突にきりだし、オリヴィアの物思いを打ち破った。

いやな人。彼女はクリスチャンを見つめて思った。わたしの胸の内を見透かしているに違いない。ルイスを赤の他人の手にゆだねてわたしがどんな気持ちになるかを。でも、ほかにどんな策があるというのだろう？　わたしはフロリダに戻るわけにはいかないのだから。

「オリヴィア？」

クリスチャンの黒い目がオリヴィアを見すえた。射抜くようなそのまなざしから、彼女は目をそらしたかった。しかしそんなことをしたら、クリスチャンのほうが優位に立っているという印象を強めるばかりだ。

「少し考えさせてちょうだい」オリヴィアは言った。その瞬間、目を伏せたクリスチャンの顔に勝利の色が浮かんだような気がした。

「絵本の着想なら、バル・ハーバーでも、サン・ジメノにいるのと同じくらいにわくんじゃないか？」

人を見下したようなクリスチャンの口調に、オリヴィアはたじろいだ。「本当にそう思う？　あなたにそう言われると心強いわ」オリヴィアはクリスチャンのまねをして眉を上げながら、負けじと言い返した。

クリスチャンの口もとがこわばる。「きみとけんかをしたいわけじゃないんだ、オリヴィア。ぼくが今の状況を楽しんでいると思っているようだが、それは誤解だ。ルイスとぼくは血がつながっている。できるだけのことはしたいと思うのはごく自然な感情だ」

「だったら、あなたがルイスの面倒を見たら？」

オリヴィアは我ながら大人気ないと思いながらも、言わずにはいられなかった。さぞかし社交生活に支障をきたすでしょうよ、とオリヴィアは胸の内で毒づいた。だが、クリスチャンとルイスは血縁関係があり、オリヴィアとルイスの関係よりずっと濃密であることは紛れもない事実なのだ。

クリスチャンはしばらく黙りこんだのち、ゆっくりと息を吐いた。「ぼくもバル・ハーバーで暮らせと言ってるのかな？　ぼくがそうしても、きみはかまわないと？」

「もちろんよ」オリヴィアは虚勢を張って答えた。

クリスチャンが眉をひそめる。「きみは見舞に来るかい？」

クリスチャンがさらに尋ねると、オリヴィアは肩をすくめた。「当たり前でしょう？」

「確かに。じゃあ、きみが家を捨てて不便な島に移り住んでしまったのは、ぼくたちの間に生じたこととは無関係なんだね？」

「それは……」オリヴィアは不意をつかれ、一瞬言葉に詰まった。「もちろんよ」

「本当に？」クリスチャンは目を細くして、オリヴィアを見やった。

オリヴィアは冷静な態度を保とうと努めた。クリスチャンは何も知らないのだ、と自分に言い聞かせる。「サン・ジメノ島は不便じゃないわ。ものすごくにぎやかというわけではないけれど、必要なものはなんでもそろうし」

オリヴィアの言葉など聞いていなかったかのようにクリスチャンは話題を変え、低い声で話し始めた。「ぼくとの間に起こったことを気まずく思ってるんじゃないか？　だからヘリコプターを出すというぼくの申し出を断り、マイク・デラノにも報告させなかった。そうじゃないのか、オリヴィア？　まったく、ぼくが何をすると思ったんだ？　無理やりきみをベッドに誘いこむとでも？」

オリヴィアはそれ以上聞いていられずに立ちあがり、クリスチャンを無視してドアへと向かった。だが、途中で彼に腕をつかまれた。

「待てよ！」

「なんなの？」

オリヴィアは無理にクリスチャンから逃れようとはしなかった。彼の指は細いが、力はとても強かった。どんなに抵抗しても、簡単には解放してくれないだろう。

とはいえ、クリスチャンの探るような視線に耐え続けるのはつらかった。オリヴィアは彼の荒々しい息遣いを強烈に意識していた。

「こんなことは言うべきじゃなかった。すまない」クリスチャンは謝罪の言葉を口にした。怒りを必死にこらえているせいか、小鼻が震えている。

「本気で言ってるの？」

オリヴィアは我ながら陳腐なせりふだと思ったが、こんな状況で気のきいた言葉など思い浮かばなかった。理性とは別の感覚が、クリスチャンの体温や彼の肌から発散されている官能的な魅力を感じ取っていた。

クリスチャンは、オリヴィアにとっていろいろな意味で危険な男性だった。彼は親指で彼女の手首の内側をなぞりながら言った。

「もちろんだ、オリヴィア。きみと敵同士にはなりたくない」

クリスチャンの声は普段にもまして低く、あの運命の夜と同じく、官能的な匂《にお》いが感じられた。オリヴィアの胃のあたりがうずく。クリスチャンは法律の専門家のような手腕を発揮して、わたしを操ろうとしている。この人は賢い、信用がおけないほどに。

何年も前、トニーに連れられてマイアミの裁判所に行き、〈モーラ・コーポレーション〉が産業スパイ容疑で訴えられた裁判で、クリスチャンが会社側の弁護をするのを見たことがあった。

彼は勝った。原告の真の目的が、ありもしない罪状をでっちあげて〈モーラ・コーポレーション〉をおとしめることにある、とみごとに立証してみせた。今もあのときと同じだ、とオリヴィアは思った。クリスチャンは自分の論理を押し通すつもりだ。血縁関係のあるルイスを世話するために自分の生活を変える気など毛頭ないだろう。

「もう診察を終えてルイスが病室に戻っているころよ」オリヴィアはクリスチャンを見ずに言った。わざわざ見なくても、全身で彼の存在を感じていた。

「今、ぼくたちが話すべきはルイスの問題じゃないだろう」クリスチャンは落ち着き払った声で言った。

「あなたがどう考えようとかまわないわ。行かせてくれないなら、悲鳴をあげて助けを呼ぶわよ」

クリスチャンはいらだたしげにため息をついた。その息がオリヴィアの胸の谷間にかかる。「そんなことがきみにできるはずがないよ、オリヴィア。身内の人間がそんな騒ぎを起こしたら、いちばん困るのはルイスだ」

オリヴィアはぐいと顎を上げた。「あの子がわたしを差しおいてあなたの味方をするかしら？」

「そんなことはどうでもいい。ぼくは、こうしてぼくたちが言い争うのは愚の骨頂だと言っているんだ。今ぼくたちが考えなければいけないのは、ルイスにとってどうすることがいちばんいいかだろう」

「あなたの生活の邪魔にならない範囲でどうするか、でしょう」

「ぼくがいつそんなことを言った？」

「言わなくてもわかるわ。あなたと二人でバル・ハーバーに住んだりしたら、ルイスがどう思うかわかるでしょう」

「きみが気にしているのはルイスのことだけか？　きみ自身が、きみの家にぼくが同居するのが気に食わないんじゃないのか？」

「わたしの家じゃないわ、トニーの家よ」

「トニーはもういない。彼はあの家をきみに遺《のこ》したんだよ、オリヴィア」

「わたしは欲しくないわ」

「あの一夜があったからか？」

「いいえ！」

思い出したくない記憶がよみがえり、オリヴィアは胸が悪くなった。

トニーが死んだ夜、オリヴィアはあの家にいた。主寝室の大きなベッドに、彼女は一糸まとわぬ姿で横たわっていた。そしてクリスチャンが彼女に覆いかぶさり、燃えるような舌を胸から腹部へと移動させて……。

「あの家はこれからもずっと、わたしにとってはトニーの家なのよ」

「ぼくたちの間に生じたこととは無関係なのか?」

彼女はうなずいた。「そうよ」

「きみは嘘《うそ》つきだな、オリヴィア」

オリヴィアはあざけるように鼻を鳴らした。「お互いさまよ」

クリスチャンは一瞬間をおいてから言った。「どういう意味だ?」

「ルイスがわたしにそばにいてもらいたがるだろうと、最初からお見通しのくせに。さあ、放してちょうだい」

そうは言ったものの、オリヴィアはクリスチャンがおとなしく従うとは思っていなかった。だが、予想に反し、彼はオリヴィアの手を放し、一歩下がった。

「いいとも《ムイ・ビエン》。母親をいとしい息子から遠ざけようとは思わないさ」

オリヴィアは怒りに燃える目でクリスチャンを見た。

「なんだい?」彼は肩をすくめた。

「とにかく……わたしに近づかないで」オリヴィアは震える声で言い、ドアに向かった。ルイスの病室のドアを開けると、彼はもう戻ってきていた。検査前と同様、ベッドに仰向けに横たわり、目だけを動かしてオリヴィアを見た。

「ルイス、大丈夫?」背後にいるクリスチャンを無視して、オリヴィアは声をかけた。

「どこへ行ってたんだい？　もう帰ったのかと思ったよ」ルイスは口もとを震わせながら、悲しげな声で言った。

「お義母《かあ》さんとぼくは、きみが退院してからどうするか、話し合っていたんだ。ぼくはバル・ハーバーの家を使えるようにして、そこで過ごせばいいと提案したが、お義母さんが同意してくれるかどうかわからない」オリヴィアの機先を制し、クリスチャンが割って入った。

ルイスが困惑した顔で眉を上げたのを見て、オリヴィアはクリスチャンをにらんだ。わたしの決めるべきことを先まわりして言うなんて、いかにもクリスチャンらしい、と彼女は苦々しく思った。攻撃が最大の防御であることを彼は熟知している。

オリヴィアは慌ててルイスの手を取った。「どこに住むかはまだ決めてないけれど、とにかくわたしはあなたのそばについてるわ。それで、お医者さまはなんて?」

「特には何も。それより、バル・ハーバーの家を使えるようにして過ごすって、どういうこと？　今はあそこに住んでないの?」ルイスは治療に関してはあまり興味がないようだった。

「今は住んでいないの。あなたが大学に戻るときに言ったでしょう？　しばらくの間、ひとりきりになりたくて、バハマの島に行っていたのよ。この季節は、とてもきれいなの」

「そう」それっきりルイスは黙りこんだ。

オリヴィアは無理に笑顔をつくって続けた。「もちろん、そこにずっといなければならないわけじゃないわ。困ったときは助け合わなくてはね。モーラ家はたった二人きりなんですもの」

今のところは。

その言葉がいやおうなしにオリヴィアの頭の中に浮かんだ。回復の具合によっては、妊娠していることを遠からずルイスに話さなくてはいけない。ルイスはどう受け取るだろう？　いずれにしてもクリスチャンがいるところでは、絶対に話せない。

「それで？　こっちに帰ってきて、ぼくの世話をしてくれるの？　でも、自分を犠牲にしなくていいんだよ」ルイスの口もとがすねたようにゆがむ。

わたしが世話をしなかったら、いったい誰がするというの？　オリヴィアは暗い気持ちで考えたが、口には出さなかった。「二人で考えましょう。あなたがサン・ジメノ島に来てもいいのよ」

「だめだ！」クリスチャンが即座に否定した。

オリヴィアは驚いた。クリスチャンになんの不都合があるというのだろう？　ルイスの手前、オリヴィアはほほ笑みを保ちながら、挑むような視線をクリスチャンに向けた。

「どうして？　あそこは療養にぴったりの場所よ」

「ルイスは退院後も治療が必要になるかもしれない。サン・ジメノ島に、ここに匹敵する設備を持つ病院があるとは思えない」クリスチャンは言い返した。

オリヴィアはそこまで考えていなかった。医療環境について具体的に考える余裕などなかった。クリスチャンの言うとおりかもしれない。ルイスには専門家による治療が必要だろう。だが、オリヴィア自身の条件を満たすには、ルイスをサン・ジメノ島に連れていくしかない。

思いがけないことに、ルイスがオリヴィアに加勢した。興奮気味に目を輝かせて言う。

「いいかもしれないな。必要ならば看護師を雇えばいい。サン・ジメノにだって病院はあるだろうし。島の人だって病気にはなるはずだからね」

「そんなに単純な話じゃないぞ、ルイス」

クリスチャンは強い調子でいさめたが、オリヴィアにはクリスチャンの負けが目に見えていた。父親とはタイプが違うとはいえ、ルイスもいったんそのつもりになったら相当に頑固だ。

ルイスは期待するような目で継母《ままはは》を見つめた。

「いいかもしれないわね」クリスチャンの怒りを感じながら、オリヴィアはルイスの期待に応じた。

「手配してくれるよね、クリスチャン」ルイスはいっそう乗り気になって言った。「マスコミの連中につかまる前にどこかへ逃げだしたいのは、ぼくだって義母さんと同じだよ」

オリヴィアはクリスチャンの顔を見られなかった。彼女がヘリコプターを使うのを渋ったとき、クリスチャンは同じことを言った。その点、サン・ジメノ島へ行けばルイスは安全だろう。クリスチャンがオリヴィアを捜しだしたような情報網を、すべてのレポーターが持っているとは思えない。

クリスチャンは背筋を伸ばして、いらだたしげな視線をルイスに向けた。「問題は医者がなんと言うかだな。いずれにしても、少なくとも数日は退院できないだろう」

ルイスはすねたような顔をした。「なぜ？　ここじゃなくても治療はできるよ。ここにいるのはせいぜい二日だな。それなら我慢できる。でも、週明けには退院できるんじゃないかな？」

「それはどうかな」

煮えきらないクリスチャンに、ルイスは憤然として言い返した。「あなたはぼくの父親じゃないんだよ、クリスチャン。言わせてもらうけれど、最終的に決めるのは義母さんのはずでしょう？」

4

　クリスチャンは手すりにもたれて、連絡船のデッキに立っていた。船は小さな港に入っていく。日曜日朝のこの時間には、夜間サン・ジメノ島に停泊しているヨットや船はまだ港につながれたままで、連絡船がつくりだす波を受けてさかんに上下動した。

　島への物資の補給という役割も兼ねている連絡船は、島と本土を結ぶ唯一の大型船舶だった。サン・ジメノ島を訪れる旅行者はさほど多くはなく、連絡船の到着は島民にとって一大イベントのはずだった。

　だが、連絡船を接岸させるために現れた港の職員たちは、いたってのんびりしていた。男たちが接岸に使う太い綱を誤って海に落とし、陽気にこづき合いながら引っ張りあげている。その様子を、クリスチャンはもどかしい思いで見守っていた。

　クリスチャンがニュー・プロヴィデンス島のナッソーまで乗ってきたヘリコプターを使わず、連絡船を利用することにしたのには理由があった。ヘリコプターを再び呼び寄せ、比較的近いサン・ジメノ島まで飛ばすのは簡単なことだった。しかしクリスチャンはあえてそうしなかった。彼はパイロットにさえ、ナッソーで四日間を過ごすと思わせておきたかった。ルイスの様子を見にサン・ジメノ島へ行くことを知られたくなかったのだ。

もっとも、私用だけでなく、仕事がらみの用件もあった。トニーは生前、〈モーラ・コーポレーション〉の支社をバハマ諸島に開きたいと考えていた。今回の訪問は、支社開設のためのさらなる調査をするいい機会だった。

こうしたそつのない行動こそ、オリヴィアがぼくを嫌うゆえんだと思い、クリスチャンは口もとをゆがめた。

オリヴィアは一度たりともクリスチャンに好意を示さず、信用してもいなかった。チャンスを与えてくれたトニーにクリスチャンがどんなに感謝していたかまったく理解しようとせず、クリスチャンのすることはすべて、彼自身の野望をさらに満たすためだと思いこんでいた。

だが、それはオリヴィアの思い違いだった。

船が桟橋にぶつかり、ゴムの緩衝材がきしみ音をたてるのを聞いて、クリスチャンは乗降口に向かった。

荷物はさして多くはない。仕事に使うラップトップ・コンピュータと私物がいくらか入ったブリーフケースがひとつあるきりだ。ゆったりしたカーゴ・パンツに黒のポロシャツという格好は、クリスチャンの普段の服装と比べればカジュアルだったが、連絡船の乗客としては変わっていると思われているだろう。裾《すそ》のほぐれたショートパンツに袖《そで》なしのTシャツという格好の乗客が大半を占める中で、クリスチャンは見るからに浮いていた。

コンクリート製の桟橋に立って、クリスチャンは周囲を見まわした。桟橋にはさまざまなものが山積みになっている。氷の詰まった箱に入った貝類、オクラや豆の袋、根菜類。それに、日光を浴びて黄色くなろうとしているバナナ。

クリスチャンは連絡船に背を向けて桟橋を歩き始め、そこで初めて、オリヴィアの家までどうやって行けばいいのかわからないことに気づいた。島の南側であることは知っている。二日前に話したとき、ルイスがそう言っていた。だがそれ以上の情報を聞きだすことはできなかった。

丘の上に家が点在しており、色とりどりの屋根が見える。島のメイン・ストリートに沿って、子ども服から自動車の部品まで、さまざまなものを扱う店が立ち並んでいる。小さなレストランの前まで進んだとき、ちょうどドアが開き、ベーコンと卵を焼くいい香りが漂ってきた。しかし、ナッソーを出る前にコーヒーを飲んできたせいか、クリスチャンは空腹を感じなかった。

緊張しているのだろうか？

そう思うと腹が立った。緊張する理由はない。ルイスの様子を見に来るのは当然の行為だ。誰の許可を取る必要もない。

だったらなぜ、会社所有のヘリコプターを使わず、朝の連絡船を選んだんだ？　人目を引きたくなかったからだ、とクリスチャンは自答した。なんの予告もなしに訪問してオリヴィアの不意をつこうなどとは思わない。ぼくが会いに行ってもオリヴィアが喜ばないのはわかっているのだから。

島の南側へはどうやって行けばいいのかわからず、クリスチャンはタクシーの姿を捜した。だが、一台も見当たらない。仮にこの島にタクシーがあるとしても、朝のこの時間帯に客待ちしているとは思えない。腕時計の針は八時を指したところで、島はまだ動き始めたばかりだ。連絡船が着かなければ、誰もいなかったかもしれない。

そのとき、ココア・ビーチまで十一キロという標示の出ている通りを、小型トラックが走ってくるのが見えた。クリスチャンは迷わずトラックを止め、窮状を説明した。運転手は気前のいいチップと引き換えに、クリスチャンを南の海岸へ乗せていくことを承諾した。

快適なドライブというわけにはいかなかった。トラックは激しく横揺れしながら走り、クリスチャンはベーコンの誘惑に負けなくてよかったと思った。

だが少なくとも、進む方向は合っている。オリヴィアが滞在している家の住所はココア・ビーチだったはずだ。白人女性がひとり暮らしをしている家が、ココア・ビーチにいくつあるだろう？　ルイスとの電話でのやり取りから、海岸沿いにあることはわかっている。マイアミから離れることを望みながら、海からは離れられなかったらしい。

トラックの運転手は無口だった。クリスチャンから金を受け取ると、むっつりと黙りこんでしまった。車内の音といえば、ラジオから流れてくるレゲエとラップだけだ。トラックが島の反対側に着くころには、クリスチャンは頭がずきずきしていた。

ココア・ビーチと思われる小さな村で、クリスチャンはトラックを降りた。白い壁に囲まれた家がいくつか並ぶ、静かで穏やかな場所だった。潮風に吹かれて頭痛もやわらぎ、クリスチャンは美しい風景に心を洗われる思いがした。板石を敷いた突堤の両側に長い砂浜が広がり、浅瀬では青緑色に輝いている海水が、沖へ行くにつれて深いコバルトブルーに変化する。

道路は土を押し固めただけで、陽光に焼かれて白っぽく変色していた。その道路に面した家の窓には鎧戸《よろいど》が下りていて、その前で野良犬と遊んでいた二人の子どもが、通り過ぎるクリスチャンに問いかけるような目を向けた。

ルイスから聞いていたような造りの家は、すぐには見当たらなかった。だからといって子どもに尋ねる気にもならず、クリスチャンはブリーフケースの紐《ひも》を肩にかけ、浜辺へ下りた。

濡《ぬ》れた砂地に高価なデッキシューズで足跡を残しつつ、海岸沿いに歩いていく。砂浜には木々が群生し、間隔を空けて立っている建物を、椰子《やし》や沼杉がうまい具合に人目から隠していた。

そのとき、彼女の姿が目に飛びこんできた。

海から上がってきたところで、かなり離れていたが、クリスチャンにはひと目でわかった。朝の海で泳いでいたのだろう、濡れた髪を両手で撫《な》でつけている。

身に着けているのは小さなビキニだけで、トップとボトムに挟まれた褐色の肌が、驚くほどセクシーだ。

すばらしい《ディオス》！

クリスチャンはブリーフケースの取っ手をつかんでいる手に力をこめた。体にも力がみなぎり、急にズボンがきつくなった気がして、クリスチャンは内心悪態をついた。性的な意味でオリヴィアに惹《ひ》かれているわけではない。そんなはずはない。トニーが死んだ夜の出来事については、突発的な成り行き以上の意味はなかったとして割りきっていた。夫の死にひどくショックを受けたオリヴィアを慰めたにすぎない。クリスチャンが必要以上に楽しんだとしたら、それはオリヴィアの激しい反応のせいだった。

それでも、砂浜に置いたタオルを拾いあげるオリヴィアを見ているうちに記憶がよみがえり、下腹部がうずいた。彼女の秘めやかな場所に我が身を沈めたときの快感。彼女が絶頂に達したことを物語る痙攣《けいれん》を感じ取ったときの満足感。

なんの避妊手段もとらずに女性と関係を持ったのは学生のとき以来だった。その後は避妊策を講じるのが当たり前になっているが、あの夜だけ、クリスチャンは自分に課したルールを破った。なぜだろう、とクリスチャンは自問した。オリヴィアは結婚以来、トニー以外の男と関係を持っていないと知っていたからだろうか？　それとも、彼女が一度も妊娠をしなかったからか？

不意に、クリスチャンはまたオリヴィアとベッドを共にするチャンスがあるという事実に気づいた。オリヴィアのヒップの甘い曲線は、否定のしようもなく魅力的だった。彼女の水着の下に手を差し入れ、胸のふくらみをじかに感じてみたい。

ふとオリヴィアがおなかに手を置き、考えこむような様子を見せた。それから指でボトムを少し下げる。まさか、脱ごうとしているのか？　クリスチャンの口の中はからからに乾いた。

だが、そうではなかった。次の瞬間、オリヴィアは手で腰を押さえ、背中を反らした。泳いだあとのストレッチをしているのだ。彼女の動きに性的な含みを感じたのは、クリスチャンの勝手な解釈だった。このところデートをしていないせいだ、と彼は苦々しく思った。ドロレスが言ったとおり、冷たい未亡人に興味はない。

そのとき、オリヴィアがクリスチャンのほうに目を向けた。なぜ気づいたのか、彼にはわからなかった。いらだちがオリヴィアのところまで伝わったのかもしれない。彼女はクリスチャンを認めて、一瞬、動揺したような顔をした。それからすばやくタオルで体を覆い、すらりとした脚以外の部分をクリスチャンの目から隠した。

「ここで何をしているの？　どこから来たの？」歩み寄るクリスチャンに向かって、オリヴィアは問いただした。

「どうやって来たと思う？　ナッソーから連絡船に乗ってきたんだ。ぼくだって予想外の行動をとったっていいだろう？」オリヴィアの迷惑そうな様子に憤然としながら、クリスチャンは挑むように言った。

　この島に突然やってくる権利などクリスチャンにはないとでも言いたげに、オリヴィアの灰色の目は冷たい光をたたえている。いまだにクリスチャンのしたことを忘れてはいないらしい。いや、あれは二人でしたことだ。クリスチャンは、非が自分ひとりにあるとは思っていなかった。

　とはいえ、クリスチャンは今も、オリヴィアを砂地に押し倒して罪を繰り返したいという欲望に駆られていた。

「おとといの夜、ぼくと電話で話したって、ルイスから聞かなかったのか？」クリスチャンは、サンダルを履こうとしているオリヴィアに尋ねた。素足がこんなにもセクシーなものだとは知らなかった。クリスチャンは、まつげに光る海水のしずくから、下唇を噛《か》んでいる白い歯まで、オリヴィアの何もかもを意識していた。

「聞いたかもしれないわ。それより、今日はひとりなの？　最近つき合っているのは……ジュリーだったかしら？　彼女も一緒なの？」

クリスチャンは挑発に乗るまいと努めた。「何を言ってるんだ？　恋人同伴なら歓迎してもらえたのかい？」

オリヴィアはクリスチャンを横目で見て、砂浜を歩きだした。木々の間に家が見える。オリヴィアは肩をすくめ、低い声で言った。「そのほうがあなたらしいんじゃない？」

クリスチャンは顔をこわばらせた。そんなことをオリヴィアに言われる筋合いはない。ぼくが誰といつデートしようと、彼女には関係のないことだ。けれど、トニーが死んでから……正確にはオリヴィアとベッドを共にしてからというもの、ほかの誰に対しても性的な魅力を感じなくなってしまった。

「きみが嫉妬《しっと》するかもしれないと思ったんでね」クリスチャンは応酬した。オリヴィアが人をばかにした態度をとるのなら、こちらも対抗してやろうと考えたのだ。彼女が息をのむ音が聞こえた。

「やめてちょうだい。わたしはあなたの戦利品じゃないのよ」オリヴィアは低いけれど熱のこもった声で応じた。

オリヴィアはもっと汚い言葉を使いたかったのかもしれないが、それは彼女のプライドが許さなかったのだろう。それにしても、自制のきいたオリヴィアの態度が、クリスチャンはどうにも気に入らなかった。

「ぼくだって、きみの夫じゃない」クリスチャンはオリヴィアと並んで歩きながら、からかうように言った。

　オリヴィアの頬が紅潮する。「勝手に言ってなさい！」彼女は言い返し、歩調を速めた。

二人は椰子の木の間を抜け、家へと続く草の生い茂る坂道をのぼり始めた。

　クリスチャンは家のたたずまいに感銘を受けた。広いベランダには竹細工の椅子とテーブルが置かれ、心地よさそうな日陰の空間をつくりだしている。涼しげなタイル張りの廊下の両脇《わき》に部屋があり、明るくて広々とした部屋には、オーク材の家具や柔らかなソファが置かれていた。椅子やソファの上には、花瓶に生けられた花と競い合うように、鮮やかな色のクッションが散らばっていて、上品で温かな雰囲気をかもしだしている。暖炉の上にはオリヴィアとルイスの写真、そしてマイアミの家に飾られていた花の絵が掛かっていた。

「すてきな家だね」クリスチャンは感心して言った。

　しかしオリヴィアは何も言わず、家の奥から現れた女性に顔を向けた。「スザンナ、ミスター・ロドリゲスに飲み物を差しあげて。わたしは着替えてくるわ」硬い声で言う。

「ぼくのために着飾ってくれるのかな」クリスチャンはいたずらっぽい言い方をした。

なぜオリヴィアをからかわずにいられないのか自分でもわからなかったが、クリスチャンはとにかく愉快な気分だった。

　オリヴィアは彼をひとにらみしてから、自室へと向かった。

　オリヴィアは部屋に入り、ほっと肩の力を抜いた。浜辺で自分のほうに歩み寄ってくるクリスチャンの姿を見て以来、緊張のしどおしだった。

　最初は幻を見ているのかと思った。海から上がり、丸みを帯び始めた腹部を撫でている間に、自分の思いがクリスチャンの幻影をつくりだしてしまったに違いないと思ったのだ。あのとき、オリヴィアは生まれてくる赤ちゃんのことを考えていた。誰に似ているだろう、父親似だったらどうしよう、と。ルイスが事故に遭ったのがまだ妊娠初期だったことは、不幸中の幸いだった。今、五カ月を過ぎたところだが、もともとやせ気味のオリヴィアは、ゆったりとしたシャツやワンピースで体形の変化を隠すことができた。

　だがクリスチャンはルイスとは違う。浜辺で彼に体を見られていたことに気づいたとき、オリヴィアは心底慌てた。男性としての経験が豊富なクリスチャンなら、女性が妊娠していることを簡単に見破るかもしれない。

　オリヴィアは身震いし、タオルを床に落として水着を脱いだ。クリスチャンがいきなり現れるとは夢にも思わなかった。しかし、今となっては、それを予想しなかった自分のうかつさに腹が立つ。よく考えれば、オリヴィアを困らせるためにいかにもクリスチャンがやりそうなことなのに。

　彼はいったい何を考えているのだろう？

シャワー室に入りながら、恋人についてからかったときのクリスチャンの応答を思い出した。まさか本気でオリヴィアが嫉妬すると思ってはいないだろうが、今後は言葉に気をつけなくては。彼の行動を気にしていると受け取られては困る。もし思いどおりにできるのなら、二度とクリスチャンに会わずにすませたいくらいだ。

だが、そうはいかない。ルイスが事故に遭ってから一カ月、退院してこの島に移ってもいいという医師の許可が出てから三週間あまりが過ぎていたとはいえ、ルイスの全快がいつになるかは誰にもわからなかった。けがの回復具合が不透明なうえ、合併症が生じる可能性がまだ残っていた。ルイスが全快するまでは、オリヴィアは自分の人生が棚上げされているような、中途半端な気分で過ごさざるをえなかった。

その間も妊娠は続く。中断できるはずもないのだから。オリヴィアは生命の胎動を頻繁に感じるようになっていた。普通なら、喜ばしいことだし、もちろんオリヴィアもうれしかった。だがクリスチャンが現れた今、彼女は言いようのない不安を覚えていた。

オリヴィアはシャワー室から出て、厚手のタオルで体をくるんだ。誰か信用のおける人にそばにいてほしい。スザンナは親切だけれど、オリヴィアの気持ちまでは理解できないだろう。オリヴィアが頼れるのは自分だけだった。

ルイスや彼の世話をする看護師との同居も、決して容易ではなかった。寝室は四つあったが、居間の広さには限りがあり、オリヴィアは自分が執筆に使うつもりだった部屋を、ルイスの理学療法士に明け渡さなければならなかった。クリスチャンの助言どおり、ここより大きいバル・ハーバーの家を使えばよかったと考えたこともある。しかし楽しそうにしているルイスの様子を見て、自分の不満は忘れることにした。

オリヴィア自身も、この家のほうが居心地がよかった。クリスチャンが現れるまでは……。

オリヴィアはタオルを取り、鏡に我が身を映した。妊娠しているように見えるだろうか？　何も知らない人が見たら、太くなってきたウエストを妊娠と結びつけるだろうか？

赤ん坊がいると思うかもしれない、とオリヴィアは思った。何よりも胸が豊満になり、その先端は色が濃くなってきている。ああ、クリスチャンがほうっておいてくれたら、なんとかできたはずなのに。オリヴィアは居ても立ってもいられないような不安に襲われた。

普段はショートパンツにゆるいシャツを着ているが、クリスチャンのいるところで肌を露出する気になれない。そこで、胸の下でリボンを結ぶデザインの、コットンのサンドレスを着ることにした。

オリヴィアが居間に戻ったのは十時近かった。彼女は、普段朝食に使うベランダの椅子にクリスチャンが座っていることを願った。しかし、彼は寝そべるようにしてソファに座り、ルイスの看護師であるヘレン・スティーヴンズと話していた。彼はオリヴィアの姿を見てすぐに立ちあがったものの、二人の間に漂っていた親しげな雰囲気を、オリヴィアは見逃さなかった。

クリスチャンとヘレンは初対面ではなかった。ルイスの面倒を見る看護師を、クリスチャンは自ら手配したのだ。今になって、クリスチャンはヘレンとどの程度親しいのだろうという疑問がオリヴィアの胸にわきおこった。ヘレンがクリスチャンの元恋人かもしれないという想像は、気持ちのいいものではなかった。

オリヴィアに気づいて、ヘレンも立ちあがった。あまり職業的とは言えない態度を見られて、気まずい様子だ。そばかすのある顔に困惑した表情を浮かべて、ヘレンは言った。

「ルイスはまだ寝ています。ゆうべはあまり眠れなかったようです。体が回復してくるにつれ、足のギプスが邪魔になってきたらしくて」

「そのほかに変わりはない?」自分の心配事をよそに、オリヴィアは心配そうに看護師に問いかけた。

「ええ。ただ少しいらだっています。ミスター・ロドリゲスにも話していたんですが、早く海に入りたくてたまらないと言っています。無理もありませんわ。青い海を前にしながら、毎日見ているだけなんですもの」ヘレンはクリスチャンをちらりと見て、口もとに魅力的な笑みを浮かべた。

オリヴィアは顔をこわばらせた。「ほかの場所で療養したほうが、あの子のためによかったということなの?」

「あ、いいえ……」

答えに窮したヘレンに、クリスチャンが助け船を出した。「スティーヴンズ看護師は、この環境がルイスの回復を早めていると言っているんだろう。彼が早くよくなりたいと思っていると聞いて、ぼくはうれしいよ」

オリヴィアの喉の奥が熱くなった。クリスチャンの口ぶりときたら、まるでオリヴィアがうれしく思っていないように聞こえる。だが実際は、魅力的な男性としてヘレンの機嫌をとりたいだけなのだろう。

どうでもいいわ、とオリヴィアは心の中でつぶやいた。

ヘレンが部屋を出ていくと、オリヴィアは息を大きく吸いこんでから話し始めた。「もう、ここで味方をひとりつくったみたいね」

クリスチャンは口もとをゆがめた。「そんなことはない」

「たぶんわたしの思い違いなのね。ルイスの回復の様子は、彼女から聞いた？　それとも思い出話に忙しくて、そんな暇はなかったかしら？」

クリスチャンの黒い目が愉快そうに輝いた。「気をつけるんだな、オリヴィア、焼きもちを焼いてるみたいに聞こえるぞ」

オリヴィアはいらだちもあらわに言った。「ばかげたことを言って、恥をかくのはあなたよ」

「恥をかく？　おかしなことを言う。どういう意味かな？」

「本当に知りたいのなら……」

「ああ、わかった。またトニーが亡くなった夜の出来事に戻るのか。いいかげん、もう水に流してほしいものだな」

「わたしだって、できればそうしたいわ」オリヴィアは声を荒らげた。そしてクリスチャンの浅黒い顔に困惑の表情が浮かぶのを見て、息をのんだ。

「どういうことだ？」クリスチャンは彼女を凝視した。

「なんでもないわ」

オリヴィアはクリスチャンから顔をそむけた。不注意なことを口にしてしまった。もっと用心しなければ、クリスチャンに感づかれてしまう。彼が突然やってきたこと以外に、わたしが落ち着かない気持ちになる何かがある、と。

突然、クリスチャンの息を首筋に感じ、オリヴィアは彼が背後に立っているのに気づいた。慌てて彼から離れずにいるには、かなりの意志の力を必要とした。

クリスチャンは低い声でささやいた。「きみはなんだか困っているように見えるよ、オリヴィア。理由を教えてほしい」

一瞬オリヴィアは言葉を失った。腹部に両手を当てて、その中にいる命の動きを感じたいという、激しい衝動を感じたのだ。だがクリスチャンのいる前でそんなまねはできない。

震える息を吐きだしながら、オリヴィアは言葉を継いだ。「きっと……夫を初めて裏切ったからだと思うわ」

クリスチャンは身をこわばらせた。彼自身が支えとなるものを必要としているかのように、オリヴィアの細い肩を両手でつかんだ。「変えることのできない過去の出来事で自分を責めるのはやめたほうがいい。正確に言えば、きみはトニーを裏切ってはいない。あのときはもう、トニーは死んでいた……ぼくが改めて言うまでもないだろう。きみは何も悪いことはしていない」

本当にそうかしら？

オリヴィアは身を震わせた。肩に置かれたクリスチャンの手はあまりにも魅力的だった。あの夜の出来事を軽く片づけてしまおうとするクリスチャンをなじりたい。それなのに、心の中に浮かぶのは彼の体にもたれたらさぞかし気持ちがいいだろうという思いだった。

何もかもを彼にゆだねてしまえたら、と思う。トニーは幾度となく、クリスチャンは頼りになる男だと言っていた。だが残念なことに、オリヴィアは夫と同じようには感じられなかった。

「だったら誰を責めればいいの？　あなた？」オリヴィアはクリスチャンから離れて尋ねた。

クリスチャンの顔が険しくなった。「それで気持ちの整理がつくなら、そうすればいい。

いずれにしろ、きみと争うためにここへ来たわけじゃない。ルイスに会いたくて来たんだ。それは罪にはならないはずだ」

オリヴィアは重いため息をつき、背筋を伸ばしてクリスチャンに向き合った。「わかったわ。それで、ここにはどれくらい滞在する予定なの?」

5

クリスチャンが町から戻ってきたとき、ルイスはベランダにいた。

彼は町で借りたジープを家の脇《わき》に止め、運転席から飛び降りた。買ってきた衣類の入った袋を手に、草地を横切ってベランダに向かう。

日がたつにつれ、ルイスは屋外で長く過ごすようになり、事故以来ずっと青白かった肌はしだいに健康的な色を帯びてきた。表情もずっと明るくなっている。

「やあ。車を手に入れたんだね」ベランダに上がってくるクリスチャンにルイスが声をかけた。もう首の固定具はつけていない。

「ああ。出かけるたびにオリヴィアがタクシーを使わずにすめばいいと思ってね。どうだい？」オリヴィアには感謝されないだろうと心の中で思いつつ、クリスチャンは軽い口調できいた。

ルイスは口もとを曲げて答えた。「ピンク色がきみの好みだとは知らなかったな。驚いたよ」

クリスチャンはしかめ面をして言った。「ああ。でもきみだって乗るんだよ。いずれ感謝する日が来るさ」

「ぼくにあれを運転しろというのかい？　勇気がいるな」ルイスはわざとらしく胸を押さえてみせた。

クリスチャンは眉を上げた。「とやかく言える立場じゃないだろう。で、具合は？　松葉杖《づえ》には慣れたかい？」

「そもそも立ちあがるのが大変なんだ」ルイスは顔をゆがめた。「どうして骨がすっかり治るまで座ってちゃいけないのかな？」

「少しずつ練習したほうがいい。ウェイト・トレーニングもしているのかい？」

「ボディビルに興味はないんだ。それより、ここにはいつまでいられるの、クリスチャン？　義母《かあ》さんは、まだ予定を聞いてないって言ってたけど」ルイスは話題を変えた。

クリスチャンは少しためらってから竹製の寝椅子に腰を下ろし、ルイスと向き合った。そして、肩をすくめて言う。「まだ決めてないんだ。決まったら話すよ」

「ここはぼくの家じゃないんだよ。義母さんに気を遣ってあげてよ」

「どういうことだい？」クリスチャンは眉を寄せた。「オリヴィアが何か言っていたのか？」

「ぼくよりあなた自身のほうがわかってると思うけど。義母さんとの間に何があったんだい？　ぼくはけがをしてるけど、頭ははっきりしている。あなたと義母さんの間で火花が散ってることに気づかないはずがないさ」

　クリスチャンは顔をそむけ、海を見つめた。「きみの思い過ごしだろう」

「そうとは思えないな。義母さんといがみ合っていることを認めたらどう？　義母さんに腹を立ててるみたいだ」

「そんなことはない。きみのお義母さんとぼくは、互いをよく知らないだけだ」クリスチャンは顔を戻し、警告するようにルイスを見つめた。

「わかったよ」

　ルイスは明らかに信じていない様子で、クリスチャンはそれが気に入らなかった。そんなに見え透いていたのだろうか？　オリヴィアの挑発に対しても、うまく自分を抑えてきたつもりだった。だがルイスの目はごまかせなかったらしい。

　クリスチャンは寝椅子から立ちあがり、つくり笑いをして、家の中をのぞいた。「必要なものはあるかい？　着替えに行く前に何か持ってこようか？」

「たとえば、女の子とか？　どれくらいぼくがセックスをしてないか、知ってるの？」ルイスが茶化すようにきいた。

「夜眠れないからといって、そんなことは言うもんじゃない。ぼくがきいたのは、何か飲み物はどうかってことだ。ここは暑いからな」クリスチャンはそっけなく答えた。

ルイスは大儀そうに背中を曲げ、それからにやりと笑ってみせた。「いや、いらない。理学療法士がもうすぐ来るんだ。その前にあまり水分をとると、治療の間にトイレに行きたくなるからね」

「なるほど。それで、お義母さんはどこにいるのかな？　もう少し滞在すると断っておきたいんだ」オリヴィアに会うと思うと、クリスチャンは緊張を覚えた。

「その辺にいるんじゃないかな。もしかしたら、あなたがもうこの島を離れたと思っているかもしれない」ルイスはテーブルの上にあった雑誌に手を伸ばした。

クリスチャンは自室に戻りながら、ルイスの言うとおりだと考えた。彼はオリヴィアには何も言わずに町へ行った。クリスチャンがブリーフケースをこの家に置いていったことに彼女は気づかなかったかもしれない。だが、それがなんだというんだ？　島を離れるのであれば、挨拶《あいさつ》ぐらいはするだろう。

クリスチャンは買い物袋をベッドの上にほうり投げ、その傍らに立って考えた。なぜこんなことをしているのだろう？　自分でもわからない。そもそもこの島に来た目的はなんだ？　ルイスは生死にかかわるような状態ではない。電話で様子を聞けばすむはずだ。

それでも、ルイスに直接会いたかったというのは、あながち嘘《うそ》ではなかった。クリスチャンとルイスは特別に親しいわけではなかったが、なんといっても二人は血がつながっている。けれど、もしルイスがサンフランシスコの大学で元気にしていたら、ぼくはわざわざ様子を見に行ったりしただろうか？　どれくらい正直になれば、オリヴィアに会いたかったのだと認めることができるのだろう？

そろそろマイアミの会社に電話をして、留守中の〈モーラ・コーポレーション〉の様子を確認する時間だ。マイク・デラノに電話をすれば、おおよそのことが把握できるはずだった。今のクリスチャンはルイスに気持ちを乱されていて、なんとも落ち着かない気分だった。


浜辺の散歩から戻ってきたオリヴィアは、ちょうどピンク色のジープが家に向かって走っていくのを見かけた。普段はスクーターでやってくる療法士のジュールズが、今日は車でやってきたのかと考えた。しかし、そのジープからクリスチャンが降りるのを目撃して、足どりが重くなった。クリスチャンがどうしてジープなんか運転しているの？　いったい何日ここにいるつもりかしら？　昨夜は仕方なく彼のために寝室を用意したが、オリヴィアとしては、無期限に滞在していいと言った覚えはない。

ルイスはクリスチャンの来訪を喜び、泊まってもらいたいようだった。オリヴィアはルイスをがっかりさせたくなくて、クリスチャンに予備の寝室を提供した。

今、彼女はそれを後悔していた。もうクリスチャンに会わずにすむと思っていたのは甘かった。けさ、クリスチャンがタクシーで町に行ったとスザンナから聞いたとき、オリヴィアは彼が朝の連絡船に乗って帰ったのだろうと考えた。でも、そうではなかったらしい。クリスチャンはここにしばらく滞在する気でいるのだ。

オリヴィアは椰子《やし》の木の下にしゃがみこみ、ざらざらとした木肌に頭をもたせかけた。クリスチャンが家の中に入るまで待つつもりだった。袖《そで》と襟のない薄手のセーターにショートパンツなどという格好ではなく、ドレスを着て出るべきだった。こんな格好では大きくなったおなかが目立ってしまう。

かすかに胎動を感じた。二日後に病院の予約をしてあるが、それまでにクリスチャンが帰ってくれればいいと思う。彼が車で町まで送るなどと言いだしたら最悪だ。

〝あら、それはご親切に、クリスチャン。ええ、産婦人科にかかっているの。えっ？　妊娠しているって話さなかったかしら？　今日は検診なのよ〟

オリヴィアは頭の中で、クリスチャンとの会話を想像して顔をしかめ、両手についた砂を払った。こんな会話を彼と交わすつもりはない。おなかの中にいるのはオリヴィアの子であって、クリスチャンには関係ない。妊娠を隠していることにときどき罪悪感をいだいたが、あの夜以降の彼の態度を考えれば、それでかまわない気がした。

首を伸ばしてベランダを見ると、クリスチャンが腰を下ろすところだった。いつまでそこにいるつもりかしら？　妊娠しているせいで、オリヴィアはトイレが近くなっていた。クリスチャンとルイスの会話が聞こえれば、どれくらい待てばいいか見当がつくのだが。

驚いたことに、クリスチャンはすぐに立ちあがった。唐突な動きに見えた。ルイスが何か言ったのだろうか？　けんかでもしたのかもしれない。とにかくクリスチャンは袋を持ち、さらにルイスと二言三言話したあとで、家の中に入っていった。迷いのない足どりだ。たぶんシャワーでも浴びてさっぱりしようというのだろう。

けっこうなことだわ！

オリヴィアはため息をつき、しばらく様子を見てクリスチャンが戻ってこないのを確かめてから、おぼつかない足で立ちあがった。ショートパンツについた砂を払い落とす。招かれざる客を避けていたと、ルイスに気づかれたくない。

ベランダにやってきたオリヴィアを見てルイスが茶化すように笑い、雑誌を脇にほうり投げて尋ねた。「散歩は楽しかった？」

「ええ」オリヴィアは意識して明るい笑みを浮かべた。「具合はどう？」

「変わりないよ。それより、どうして椰子の木の陰に隠れたりしていたの？」

オリヴィアはうろたえた。「別に……隠れていたわけじゃないわ」

「そう？　だったら何をしていたの？　あっち側の芝地の面積でも測っていたのかな？」

「急いで戻る必要はないと思っただけよ」

「クリスチャンがここにいたからだね」

オリヴィアは肩をすくめた。セーターのしわを伸ばすように裾《すそ》を引っ張ったが、おなかのふくらみが目立つのに気づいてすぐに手を離した。「そうかもしれないわ。クリスチャンはいつまでいるつもりなのかしら？」

「義母さんのほうからきいたら？　クリスチャンは義母さんと話したがっているんだと思う」

オリヴィアはため息をついた。「あなたはきかなかったの？」

「ぼくがきくべきだったの？」

「あなたが何をきくかきかないか、わたしには関係ないわ。ところで、クリスチャンはどうしてジープを借りてきたのかしら？」

「移動手段があったほうが便利だからだってさ。あまり選択の余地はなかったみたいだね。クリスチャンが好んでピンク色を選ぶとは思えない」ルイスは継母《ままはは》から、家の脇に止めてあるジープに視線を移した。

オリヴィアも、ピンク色がクリスチャンに似つかわしいとは思わなかったが、そんなことより、彼が車を借りてきたこと自体が気に入らなかった。まるで長く滞在するようで。

「クリスチャンが嫌いなんだね？」

あまりに唐突なルイスの問いかけに、一瞬オリヴィアは返す言葉が見つからず、黙ってルイスを見つめるばかりだった。

だが、すぐに気を取り直し、オリヴィアはできる限りしっかりした口調で答えた。「どうしてそんなふうに思うのかわからないわ、ルイス。彼のことはほとんど何も知らないのよ」

ルイスは疲れたような顔をした。「ねえ、義母さん、ぼくにならら話してくれてもいいだろう。父さんとは違うんだから。義母さんがクリスチャンを見る目でわかるよ。早く消えていなくなってほしいみたいな顔をしてる」

オリヴィアはぞっとした。「そんなことないわ」

「いや、そうだよ。クリスチャンが義母さんに何をしたっていうの？」

ルイスのきわどい質問に、オリヴィアの頬が紅潮した。「別に何もしてないわ。ちょっと想像がすぎるんじゃないの、ルイス。きっと体を動かせないせいね」

ルイスは眉を寄せた。「そうかな？　まさか、クリスチャンのことが好きなんじゃないよね？　正直言って、義母さんはクリスチャンのタイプじゃないと思うよ」

「彼だってわたしのタイプじゃないわ。悪いけど、トイレに行きたいの」オリヴィアはすばやく言い返し、この会話を切りあげようとした。

「だったらどうして彼を避けてるのかな？」ベランダを横切っていくオリヴィアに、ルイスはなおも尋ねた。

彼女は無視を決めこみたかったが、よけいな疑いを招くような態度はとらないほうがいいと思い直した。「避けてなんかいないわ」

そのとき、ガラスの引き戸が開いて話題の主が姿を現し、オリヴィアは思わずうめき声をあげそうになった。

「ほら、ご本人の登場よ」オリヴィアは無理にほほ笑んでみせた。

彼女の姿を見て、クリスチャンは躊躇《ちゅうちょ》するようなそぶりをした。彼のほうもオリヴィアを避けたいようだった。

オリヴィアは、彼の服装が変わったことに気づいた。ここへ来たときに着ていたカーキ色のカーゴ・パンツではなく、細い腰にゆるく引っかけるようにして、紺色のショートパンツをはいている。白い袖なしのタンクトップが褐色の肌を際立たせていた。

ルイスはクリスチャンが来たのをおもしろがっているようだった。クリスチャンと継母の関係に興味津々らしい。オリヴィアはそれを意識して、あえて親しげな口調で言った。

「おはよう。よく眠れたかしら?」

クリスチャンの口もとがこわばった。前日の夕食の席でのオリヴィアのそっけない態度を思い出し、なぜ急に愛想がよくなったのか不思議に思っているに違いない。

「ゆっくり休めたよ」

一瞬の間をおいてからクリスチャンが答えたが、オリヴィアには本当とは思えなかった。彼の目はいつもよりもくぼみ、目の下には隈《くま》ができている。少しやつれた顔は彼に似合っているにしても、オリヴィア以上にこの環境に適応しているとは言いがたかった。

だったらなぜ早く帰らないのだろう？

「それはよかったわ。じゃあ、失礼するわね」オリヴィアは言い、ベランダに出てきたクリスチャンと入れ違いに中に入ろうとした。

「どうして行っちゃうの、義母さん？」

ルイスの顔がいたずらっぽく輝いていた。ルイスがユーモア感覚を思い出したのはいいことだと思うものの、それを自分に向けられるのは歓迎できなかった。

「あなたとクリスチャンは、二人で話したいことがたくさんあるでしょう。それにジュールズがもうすぐ来るはずよ。邪魔はしたくないわ」オリヴィアは明るい声で答えた。

「だったらクリスチャンを散歩に連れていきなよ。せっかくのお客さんなんだから」

「お義母さんはぼくの相手をするよりも大事な用事があるんじゃないかな」オリヴィアより先に、クリスチャンが口を挟んだ。

オリヴィアは警告するように義理の息子をにらんだ。「そうよ――」

口を開いたオリヴィアを遮り、クリスチャンはさらに続けた。「ぼくは泳ぎに行こうと思っていたんだ。お義母さんは一緒に行きたくないだろう。ずいぶん暑そうだからね」

オリヴィアは口もとをこわばらせた。クリスチャンが皮肉を言っているのかどうか、彼女にはわからない。だが〝ずいぶん暑そうだから〟という彼の言葉は気に入らなかった。

オリヴィアがいらだっているのは陽気のせいではなく、クリスチャンのせいなのだ。

それでも泳いでいるクリスチャンの姿が見られると思うと、オリヴィアは興奮を覚えた。もちろん、彼女は過去に一度クリスチャンの生まれたままの姿を見ており、その記憶はまったく色あせていなかった。いやな思い出なのに、不思議でならない。服を脱いだクリスチャンは、服を着ているときと同じくらいにすてきだった。

「シャワーを浴びようと思っていたところなのよ。またあとで会いましょう」オリヴィアは言った。

あきらめきれない様子のルイスがクリスチャンに向かって説明した。「残念だな。クリスチャン、義母さんが泳ぎに行かないなんて、すごく珍しいことなんだよ」

オリヴィアはため息をついた。「泳ぎに行くかもしれないわ。でも、もう少し暑さがやわらいでからね。あなたは自分のリハビリに集中したらどう? クリスチャンとわたしの間に波風を立てようとしないでちょうだい」

「そんなことしようとしたかな?」

ルイスは無邪気に目を丸くしてみせた。ルイスが小さいときならば、オリヴィアは厳しく叱《しか》ったことだろう。だがクリスチャンの手前、オリヴィアはいらだちを抑え、しかめ面をしただけで家の中に入った。

自室に戻ると、オリヴィアは窓際の大きな椅子に座りこみ、深いため息をついた。ルイスに、クリスチャンを嫌っていると思われるのと、クリスチャンのことを好きだと思われるのと、どちらがいやなのかわからなかった。

窓の外を人影がよぎった。背の高い色黒の男性が芝地を横切って海辺へと歩いていく。クリスチャンだ。彼が白いシャツを脱ぐ様子を、オリヴィアは見守った。

ゆるいショートパンツの上に、細い腰骨がうかがえた。クリスチャンがショートパンツのウエストに手をかけるのを見て、オリヴィアは息をのんだ。まさか脱ぐつもりではないでしょうね。窓から見えるような場所で、そんなことはしないはず。海辺にはほかに誰もいないとはいえ、最低限の礼儀というものがある。

不意にクリスチャンが振り向き、オリヴィアは慌てて身を引いた。見られたかしら？　いいえ、大丈夫。窓ガラスに陽光が反射して、わたしの姿が見えるわけはない。

それでも落ち着かなくなり、オリヴィアは立ちあがって窓辺から離れようとした。しかし、そうする前にもう一度窓の外を見ずにはいられなかった。そして波打ち際にいるクリスチャンを見て、思わずあえいだ。

信じられないことに、クリスチャンはショートパンツを脱いで砂浜に投げた。海の中に入る直前、彼のヒップの白い肌がはっきりと見えた。オリヴィアは震える息を吐いた。なぜあんなまねができるの？　オリヴィアは怒りに震えた。いったいここをどこだと思っているのだろう？

だがシャワーを浴びているうちに、オリヴィアは冷静さを取り戻した。男性の裸など、別に目新しいものではない。彼が何も身につけずに泳いだところで、それがなんだというの？　誰にも迷惑はかからない。ルイスだって、チャンスがあればそうするだろう。

しかし問題は、クリスチャンはルイスではないということだ。どんなに気持ちを整理しようとしても、同じようには考えられなかった。クリスチャンはトニーとも違っていた。彼の力強い体を目にしたとき、オリヴィアはその魅力に圧倒された。

そしてあの晩のことを……。

オリヴィアは身を震わせた。クリスチャンは察しているのかしら？　わたしが感じやすいと承知のうえで、わざと家から見える場所で服を脱いだのだろうか？　だとしたらなぜ？　わたしに未練があるからだとは、とうてい考えられない。

あの晩まで……どの晩のことかは言うまでもない。あの晩まで、クリスチャンはオリヴィアをろくに見もしなかったし、見たとしても、なんら興味を示さなかった。オリヴィアを嫌っているそぶりさえ見せた。おそらく彼女が金のためにトニーと結婚したと思っていたのだろう。

それに、クリスチャンのデート相手はみな、若くて美しい。今の恋人のジュリーは、悪くない相手のひとりというにすぎない。トニーはよく言っていた。クリスチャンにとっては仕事が第一で、女性は二の次だ、と。だからこそ、トニーはあれほどまでにクリスチャンのことを信用していたのだ。

オリヴィアは自分の今の立場を思い出し、ため息をついた。クリスチャンはあの一夜を、オリヴィアと同じくらい後悔しているはずだ。いえ、わたしほどではないだろう、とオリヴィアは自分の丸みを帯びたおなかに石鹸《せっけん》を塗りながら考えた。二人のほんのいっときの親密な関係が生涯にわたって続く結果を生じた。オリヴィアにとっては、あの出来事は永遠に過去にはならない。

もちろん、過去にしてしまうことも可能だった。しかし、オリヴィアはずっと自分自身の子どもが欲しかったし、今身ごもっている赤ん坊をどうしても産みたかった。

そのときまた、オリヴィアは病院の予約を思い出した。今回の診察がすめば、二週間は行かなくていい。クリスチャンのせいで先延ばしにはしたくなかった。彼には早くマイアミに帰ってほしい。そしてわたしに平穏な生活を返してほしいものだわ。

6

昼食には看護師のヘレン・スティーヴンズも同席したので、多少なりとも雰囲気がやわらいだ。ヘレンは決して口数が多いほうではない。それでも、クリスチャンとオリヴィアの間の緩衝材にはなった。

クリスチャンはオリヴィアがいやがっているとわかっていながら、早く帰ってほしいという彼女の無言の要求をなぜか受け入れる気になれなかった。認めたくはなかったが、一緒にいればいるほど、クリスチャンの心の中でオリヴィアに対する興味は大きくなっていった。

マイク・デラノはうまくやってくれているようだった。自分の力量を示すチャンスを与えられたことをうれしく思っているようだ。トニーは生前、クリスチャン以外の誰かに自分の代理をさせることを嫌った。クリスチャンは違う。電話とコンピュータがあれば、慌てて会社に戻る必要を感じなかった。

これにはクリスチャン自身も驚いていた。ワイングラスを持ちあげ、その縁越しにオリヴィアを見ながら、ぼくの気持ちを知ったら彼女も驚くだろう、と彼は考えた。オリヴィアはぼくのことを仕事人間だと思いこんでいる。

ルイスはこの場を楽しんでいるように見えた。クリスチャンかオリヴィアにつっかかっていないときは、ヘレンの気を引くようなことを言ったりしていた。

クリスチャンはふと、オリヴィアは知っているのだろうかと考えた。ルイスがクリスチャンとオリヴィアが嫌い合っていると思いこんでいることを。たぶんオリヴィアがルイスの見方に同意するだろうと思うと、クリスチャンは皮肉な思いにとらわれた。

その日の午後、クリスチャンは自室にこもり、コンピュータを使ってしばらく仕事をした。やがて、きのうの睡眠不足を取り戻そうと、ベッドに横たわった。クリスチャンはオリヴィアの厚意に感謝していた。寝室を提供してくれたのは、クリスチャンのためというよりはルイスのためを思ってのことだったのだろう。

クリスチャンは昨夜、自分は何をしにここへ来たのか、なぜ泊まる気になったのか、と考えを巡らした。海から上がってきたオリヴィアを見たときに感じたことと関係があるのかもしれない。奇妙なことに、クリスチャンはあのときの自分の気持ちをもっと深く探ってみたかった。

クリスチャンがヘレン・スティーヴンズと親しくするのを、オリヴィアがあれほどあからさまに嫌悪したことを、彼は興味深く感じた。本気で焼きもちを焼いたとは思わない。

縄張り意識を刺激されたにすぎないのだろう。自分のエリアだと考える場所に立ち入ろうとするものに牙《きば》をむく猫のように。それなのに、一度は親密な時間を共有したにもかかわらず、オリヴィアはクリスチャンを敵視している。

彼女の敵対的な態度はずっとクリスチャンの悩みの種だった。

クリスチャンがトニーのもとで働き始めた動機について、オリヴィアが不信感をいだいたのは無理からぬことだったのかもしれない。クリスチャンとはまったく面識がなかったのに、トニーはクリスチャンを受け入れた。そしてそれ以来、クリスチャンはトニーに忠誠心を示してきた。その気になれば、裏切る機会などいくらでもあったにもかかわらず。

トニーが死んだ晩まで、クリスチャンがオリヴィアと接する時間はごく限られていた。彼女はほとんどの時間をバル・ハーバーで過ごし、〈モーラ・コーポレーション〉を訪れることは少なかった。

クリスチャンは、オリヴィアの過去をトニーから聞かされていた。彼女は叔母に育てられ、その叔母の死後、ルイスの子守《ナニー》に応募してきた。トニーはイギリス人のナニーというものを特別視しており、実際にオリヴィアに会ってみて、クリスチャンもその理由を理解した。彼女はつねに冷静かつ有能だった。ルイスがオリヴィアに頼りきっていることは、疑う余地がなかった。

トニーがオリヴィアと結婚した理由については、クリスチャンも知らなかった。トニーが若いオリヴィアに言い寄り、彼女のほうがつき合う条件として結婚を持ちだしたのかもしれない。いずれにせよ、クリスチャンが働き始めたころには、トニーのオリヴィアに対する情熱はすっかり冷めていた。だからといって、トニーは忘れたりしなかった。若いクリスチャンに、自分の妻には手を出すなと警告することを。

そしてトニーが死んだ晩まで、クリスチャンはオリヴィアを恋愛対象として考えたことは一度もなかった……。

トニーが死んだという知らせがクリスチャンのもとにもたらされたのは、夜の十一時だった。

クリスチャンはその晩オフィスに遅くまでいて、環太平洋地域の石油事業に関する仕事をしていた。すでに恋人から不平の電話を十回以上受けており、アパートメントに帰り着いて留守番電話の明かりが点滅しているのを見たときは、それを無視しようとした。

だが結局、クリスチャンは無視しなかった。十時四十五分にかかってきたその電話は、トニーのいちばん新しい愛人からだった。慌てふためいた声で、上院議員の妻ヴィッキ・サトクリフが助けを求めていた。

〝死んじゃったの！　もう、ロドリゲス、どこにいるのよ？　トニーが死んじゃったのよ、ああ、どうすればいいの？〟ヴィッキは、言葉が聞き分けられないほどに混乱していた。

のちにクリスチャンは、救急車を呼ぶ代わりに彼のところへ電話をよこしたヴィッキは、よほど切羽詰まっていたに違いないと考えた。上院議員の妻である彼女は、誰に何を言うかということにずいぶん気を遣う人間だった。だがそのときのクリスチャンは、ヴィッキがもたらした知らせに大きなショックを受け、ほかのことは何も考えられなかった。留守番電話のメッセージが終わっても、しばらく呆然《ぼうぜん》と電話機を見つめていた。

とっさにクリスチャンは、車に戻ってトニーの住まいに行こうかと考えた。トニーが妻と住んでいる家ではない。仕事関係の客をもてなすという名目で所有している別宅だ。もっとも、クリスチャンの知る限り、そこでトニーがもてなすのはつねに女性だった。嘘《うそ》がばれていないと思いこんでいるのはトニーだけだった。

自分の目でトニーを見て、ヴィッキの思い違いではないことを確かめたかったが、クリスチャンはためらった。ヴィッキが電話をしてきたのはほんの十五分前だ。彼は受話器を手にした。

あいにく電話は話し中だった。

ちくしょう！

クリスチャンは悪態をつきながら部屋を出て、地下の駐車場へ下りた。ひどいショック状態とはいえ、自分自身のことは考えていられない。トニーがクリスチャンを必要としている。ヴィッキがなんと言おうと、問題なのはトニーだ。クリスチャンの目に涙がこみあげた。くそっ、トニーが死ぬはずはない。

しかしトニーの死は紛れもなく現実だった。大きなベッドの上にだらしない格好で手足を投げだした彼をひと目見ただけで、クリスチャンが最も恐れていた事態だとわかった。トニーは欲望を追い求めたあげくに死んだのだ。クリスチャンの胸は痛んだ。この無残な現実に、トニーの妻はいったいどう対処するのか、見当もつかない。

ヴィッキの姿はなかった。自分がどんなに危険な立場にいるか、気づいたのだろう。彼女の悲鳴を聞きつけて野次馬が集まっており、クリスチャンは中に入るのに人ごみをかき分けなければならなかった。

警察はすでに到着していた。ヴィッキの悲鳴を聞いて、誰かが通報したらしい。あたりは高級住宅街なので、こんな事件は珍しかった。

時間がたつにつれて事態はさらに悪化した。検死官による予備調査の結果、トニーが麻薬を使っていて、心臓に過剰な負担がかかったという見方が出てきたのだ。

その知らせがもたらされたらオリヴィアはどんな気持ちになるだろうと案じて、クリスチャンは刑事に、自分の口からトニーの妻に知らせたいと申し出た。彼女が見ず知らずの警察官から悲惨な知らせを受ける事態はなんとしても避けたかった。

刑事はそっけなく言った。「わかりました。ただし、あとで話を聞かせてもらうとミセス・モーラに伝えてください。あなたを含めて、全員から供述をとる予定です。ミスター・モーラの恋人からもね。今の段階では、誰かの告発に至るかどうかはわかりませんが」

どの段階になっても告発はないだろう、とクリスチャンは苦々しい思いで考えた。サトクリフ上院議員があらゆる手を尽くしてこの一件をもみ消すだろう。それはクリスチャンとしても好都合だった。もちろん、オリヴィアにとっても。

一時間後、クリスチャンはバル・ハーバーの家の広々とした居間に立っていた。まだショックは冷めやらないが、ここで彼は強くあらねばならなかった。トニーはそういう強さを期待しているだろう。とはいえ、自分に対して敵意を隠そうとしない女性にこんな重大な知らせを告げることを思うと、血も凍るような気分だった。

窓の外には中庭《パティオ》が広がり、その向こうに黒々と広がる海が見えた。少し前にクリスチャンを中に入れた執事が、オリヴィアを呼びに行った。ここは荒れ狂う世界の中で、唯一静かなオアシスのようだった。二時間前、ベッドに入るのを楽しみにしていたことが嘘のようだ。今ではもう二度と眠れそうにないほど、気が立っていた。

執事はクリスチャンが現れたとき、いったい何事かと思ったに違いない。だがいつもどおりの冷静な態度を崩さず、午前一時に来客があるのは当たり前だとでもいうように、クリスチャンを中に通した。

パティオにはフクシアやハイビスカスの花が咲いていた。イタリア製のタイルの上に、鮮やかな赤い花びらが散っている。クリスチャンは血のようだと思い、すぐにその比喩《ひゆ》を打ち消そうとした。そのとき物音がして、振り返ると、オリヴィアが戸口に立って彼を見ていた。

オリヴィアは青ざめ、おびえた顔をしていた。クリスチャンがここに来た理由をすでに知っているかのようだった。だが知っているはずはない。真夜中の訪問者に、ひどく不安になっているだけだ。残念ながら、サンフランシスコの大学に行っているルイスは不在だった。オリヴィアのはかなげな様子に、クリスチャンは胸を締めつけられた。

「クリスチャン。何かあったの？」オリヴィアは珍しく、クリスチャンの名前を呼んで尋ねた。

クリスチャンはどうきりだしたらいいかわからなかった。オリヴィアは夫に愛人がいたことを知っているのだろうか？　オリヴィアは気に病むだろうか？　もちろんそうに決まっている。トニーの妻なのだから……いや、今や未亡人だ。クリスチャンはこの一連の不幸な出来事から、オリヴィアをなんとか救ってあげたいと強く念じた。

「ルイスに何かあったの？」

オリヴィアは聞き取れないほど小さな声で尋ねた。クリスチャンは首を横に振った。オリヴィアがまずルイスのことをきいたのは意味深長だった。

「だったらトニーね。どうしたの？　事故にでも遭ったの？　けがをしたとか？」

クリスチャンは喉がふさがれてしまったような気分だったが、言わなければならなかった。彼の答えを待ち受けるオリヴィアは、淡い緑色のガウンの合わせをしっかりとかき寄せた。クリスチャンは、彼女が身につけているのはガウン一枚きりだろうかと考えつつ、声を振り絞った。「残念なことだ、オリヴィア。トニーが死んだ」

オリヴィアはたじろぎ、とても信じられないという顔をしてクリスチャンを見つめた。必死に泣くまいとしている。クリスチャンは奇妙な思いにとらわれた。オリヴィアの真っ青な顔や手を握り合わせる様子は、ヴィッキ・サトクリフのメッセージをきいた際のクリスチャン自身の気持ちをそのまま反映していたからだ。

オリヴィアはごくりと喉を鳴らし、片手で喉もとを押さえた。クリスチャンはそのとき、彼女がいっさい装身具を身につけていないことに気づいた。結婚指輪さえしていない。オリヴィアのほっそりとした指には何もなく、短い爪は真珠色に光っていた。

そして肌は化粧気がなく、濃いまつげの下に灰色の瞳が輝いている。いつもはきっちりとまとめられている髪が肩に流れ落ち、銀色がかった金髪が純粋で無邪気な顔を縁取っていた。

気がつくと、クリスチャンの体はオリヴィアに対して反応していた。彼はオリヴィアの身長がこれほど高いとは知らなかった。彼女の胸がこんなに豊かだとは思いもよらなかった。ガウンの裾《すそ》から出ている素足もとても魅力的に見えた。

とんでもないことだ、トニーが死んだというのに。クリスチャンは自分の反応を強く否定した。トニーの妻に親密な感情をいだいたりしている場合ではない。それでもなお、彼はオリヴィアに対する思いを断ち切れなかった。普段クリスチャンがデートをする相手とはまったく違う。オリヴィアには女性らしいぬくもりがあり、信じられないほどセクシーだった。

クリスチャンは自分の感情に愕然《がくぜん》としていた。だが振り返ってみると、クリスチャンはこれまでずっとオリヴィアに敬意をいだいていた。自分の存在を事実上無視するような男性の妻であり続けるのはたやすいことではない。なのにオリヴィアはトニーに忠実だった。そしてルイスのよき母親であり続けた。

頭の中でさまざまな思いや考えが渦巻き、クリスチャンは生まれて初めて自分が無能な人間になったような気持ちになり、その場に立ちつくしていた。彼はそれまで、自分はどんな状況にも冷静に対応できると思っていた。ところが今は途方にくれ、男性としての力さえ失った気分だった。

「彼に……何があったの?」

オリヴィアにきかれ、クリスチャンははっと我に返った。ここでへたに事実を隠してもなんにもならない。クリスチャンが真実を言わなくても、警察が包み隠さず告げるだろう。

「警察は、トニーが心臓発作を起こしたと考えている。一瞬の出来事だっただろうと」クリスチャンは警察が関与していることをはっきりと告げた。

彼の予想どおり、オリヴィアは警察という言葉に反応した。うろたえたように頭を振ってきき返す。「警察ですって？　じゃあ、トニーは事故に遭ったの？」

「いや、事故じゃないんだ。トニーは……彼の部屋にいた」クリスチャンは、どうにかしてオリヴィアを傷つけない言い方がないかと模索しながら、彼女の顔を見つめた。しかしそこには、クリスチャンには理解のできないいくつかの感情が浮かんでいた。

オリヴィアは眉を寄せ、口もとをきゅっと引き締めた。「トニーはひとりじゃなく、女性と一緒だったのね？　あなたの言っているのは、ココナッツ・グローヴにある家のことでしょう。あそこはトニーが女性を連れこむところよ、あなただって知ってるはずだわ」

クリスチャンは驚いた。トニーの浮気はオリヴィアも承知しているだろうと想像していたが、ココナッツ・グローヴの家のことまで知っているとは思わなかったのだ。彼はショックを受けた。トニー自らオリヴィアに話したのだろうか？

ここで嘘をついても意味がないと悟り、クリスチャンはうなずいた。「どうしてわかったんだ？」

オリヴィアはため息をついた。「あなたが自らここに来る必要があると考える理由は、ほかに思いつかないわ。トニーの代理人として、わたしが株主を困らせるようなことをやらかさないように、手を打ちに来たのね」

クリスチャンは息をのんだ。「ぼくが心配するのはそんなことだけだと思っているのか？　ぼくはトニーを敬愛していたんだよ、オリヴィア。彼は……ぼくにとって第二の父親みたいな存在だった」

「わかってるわ。心配しないで。変なまねはしないから」オリヴィアはわずかに肩をすくめて言った。

「信じてもらえないかもしれないけれど、ぼくは会社の将来を心配してここへ来たんじゃない。ぼくから話したほうが、きみの気持ちが少しは楽かもしれないと思ったからだ。けれど、きみに動機を疑われることは予想するべきだったな。きみはいつも冷ややかで、素直に感情を表すことがないから」

言い終えた瞬間、クリスチャンは後悔した。すでに青ざめていたオリヴィアの顔から、残っていたわずかな色さえも失われていた。

ぼくはオリヴィアを傷つけた。トニーがこんなことになった直後に、ぼくが彼女を批判する権利などない。オリヴィアは不自然なくらいに落ち着いていたが、クリスチャンには彼女が自分と同じくらいショックを受けているのが感じられた。

「もう帰ってちょうだい。送らせるわ」オリヴィアは低い声で言い、背後のドアを指差した。

だが執事の姿はなかった。年老いた執事はベッドに戻ってしまったか、それともオリヴィアたちの話を耳に挟んで、この部屋には近寄るまいと決めたらしい。今、部屋にはクリスチャンとオリヴィアしかいなかった。二人が知り合って以来、こんなことは初めてだった。

「オリヴィア。すまない」クリスチャンは一歩オリヴィアに近づいて謝った。話題がトニーのことから離れたのを二人とも承知していた。

「いいのよ。来てくれてありがとう。ルイスにもあなたから知らせてくれる？　それともわたしから話しましょうか？」

クリスチャンはオリヴィアを見つめた。このまま彼女をひとりにはできなかった。「何か飲み物を持ってこよう。たしかバーがあったね。ちょっとアルコール類を体に入れたほうがよさそうな顔をしている」

「わたしはいらないわ。どうぞあなたひとりで飲んで。かまわなければ、わたしは部屋に下がらせてもらうわ」

「いや、まだだ」自分でもわけがわからないまま、クリスチャンはさらに一歩オリヴィアに近づいた。香水の香りが鼻をくすぐる。繊細な女性らしい香りに刺激されて彼の下半身はうずき、オリヴィアのはかない様子が強く意識された。

精いっぱい礼儀正しく、クリスチャンは尋ねた。「オリヴィア、話でもしないか？　ひどいショックだろう」

「話したところで何も変わらないんじゃない？　あなたはきちんと務めを果たしてくれた。感謝しているわ。これからどんな成り行きになるか、だいたいつかめたから。これ以上話すことはないでしょう」

オリヴィアの声は落ち着いていたが、クリスチャンの耳は、動揺を隠そうとする震えを聞き取った。

「オリヴィア！　このままじゃ、ぼくは帰れない。ぼくは……まずいことを言ってしまった。思慮が足りなかった。トニーのことで、ぼくも混乱しているんだ。許してほしい」

「許さなければならないことなんかないわ。あなたがわたしをどんなふうに思っているか、よく知っているもの」

「そうじゃない。ぼくはきみのことを何も知らない。なんて間抜け《ソケテ》なんだ」

オリヴィアはクリスチャンの使ったスペイン語を聞きとがめた。「間抜け？　そうじゃないでしょう。もしそうだったら、トニーはあなたをあれほど頼りにしなかったわ。自分を責めないで」

それでもクリスチャンは引き下がろうとしなかった。「今夜は眠れないだろう」

オリヴィアの目が一瞬光った。「わたしはひとりで寝るのに慣れているわ、クリスチャン。いつもそうだもの。トニーとわたしは……そうね、ずいぶん長い間、本当の夫婦ではなかったの」

もちろんクリスチャンは知っていた。トニーは公私にわたって、クリスチャンに隠し事をしなかった。だがクリスチャンがトニーの浮気の共犯者となっていたことを恥ずかしく思ったのは、このときが初めてだった。

クリスチャンは改めて、オリヴィアの弱々しい姿に愕然とした。彼女の孤独でもろく、はかない様子が際立ち、それが思いがけず魅力的に見えて、彼は激しい欲望を覚えた。オリヴィアが欲しい。

自分の思いに気づき、クリスチャンは衝撃を受けた。トニーの未亡人を欲しいと思うなんて、どうかしている。とんでもないことをしでかす前に、ここを立ち去るべきだ。しかしクリスチャンの体は完全に高ぶっていた。オリヴィアが気づかないのが不思議なぐらいに。

オリヴィアはクリスチャンに歩み寄り、その手に触れた。「本当にわたしは大丈夫よ。気をつけて帰ってね」

彼はオリヴィアを見つめ、思わず彼女の手を握った。その指は冷たくて柔らかかった。クリスチャンは彼女の手を持ちあげ、唇を押しつけた。

クリスチャンの舌がオリヴィアの手首を探ると、彼女は鋭く息をのみ、手を引っこめようとした。だがクリスチャンは彼女の手を放そうとしない。オリヴィアのしなやかな体を前にして、彼の良識はどこかへ消えてしまった。オリヴィアの乱れた息遣いから、彼女も感じているのがわかった。

クリスチャンは激しく性急な欲望に流され、目の前のチャンスにすがりついた。衝動に身を任せ、オリヴィアの腰に腕をまわして引き寄せる。

オリヴィアはあえぐような息をしていた。心臓の鳴る音が大きく響いている。ガウンの襟もとに指を差し入れてその動悸《どうき》をてのひらで感じたいという衝動を、クリスチャンは抑えた。自分の心臓も高鳴っているのを意識しながら、落ち着けと自分に言い聞かせる。オリヴィアに野蛮な男だと思われたくはなかった。

「あなたは帰ったほうがいいわ」オリヴィアは再び促した。

湿った息がクリスチャンの顎にかかる。引き返すなら今このときしかなかった。「それがきみの望みなのか?」彼は小さな声で尋ねた。オリヴィアのため息が聞こえた。

「わたしたちの望みよ」

それが嘘であることを、クリスチャンは見抜いていた。いずれにしても、もう遅かった。彼がオリヴィアに触れた瞬間、運命は決まっていたのだ。いや、戸口に立って彼を見ているオリヴィアの姿を見た瞬間だったかもしれない。彼女は信じられないほど若く、途方もなく美しかった。

オリヴィアの唇からもれた震える息は、彼女の困惑と興奮の両方を表していた。クリスチャンが視線を落とすと、ガウンの下につんと立った胸の先がうかがえた。オリヴィアもぼくと同じくらいに感じている、と彼は確信した。

オリヴィアが口を開いた。「クリスチャン……放して」

彼にとって、もはやそれは不可能だった。ガウン越しにオリヴィアの体の熱が伝わり、背骨の曲線とヒップの豊かなふくらみがうかがえる。オリヴィアの興奮が髪や肌の匂《にお》いと共に立ちあがり、クリスチャンの鼻をくすぐった。オリヴィアが無防備な状態にいるとわかっていながら、彼は自分を抑えられなかった。

クリスチャンは腕に力をこめ、オリヴィアをさらに強く抱き寄せた。その柔らかな感触が、痛いほどに高ぶっているクリスチャンの体を包みこむ。胸を合わせ、オリヴィアの下腹部に自らの高まりを押しつけているのは、なんとも言えず快かった。どうにも我慢ができず、クリスチャンは巧みに動かしてオリヴィアの脚を開かせた。

破滅につながると知りつつ、クリスチャンはオリヴィアの顔を上向かせ、抗議の声をあげようとする彼女の口を唇でふさいだ。

もはや何も考えられなかった。オリヴィアの唇は思ったとおり官能的で、思った以上に熱かった。唇が開かれ、さらに奥へと招いている。クリスチャンを押し返そうとするかのように胸に当てられていたオリヴィアの手は、いつの間にかすがりつくように腰に移動していた。

クリスチャンは彼女のうなじに手を当て、柔らかい唇をむさぼり続けた。唇同士の官能的な探り合いが果てしない闘いのような激しさを帯びた。オリヴィアのぬくもりと香りがクリスチャンを包みこむ。自分がこんなにも魅力的であることをオリヴィアは自覚しているのだろうか、と彼は思った。部屋は涼しかったが、ガウンの下の肌は汗ばんでいた。それがクリスチャンの興奮をいっそうあおった。肌に直接触れたときの感触が楽しみだった。

彼は自分でも驚くほど気がせいて、オリヴィアの反応にまで注意がいかないほどだった。だがクリスチャンは必死に自分を抑え、顔を上げると、オリヴィアが彼を見あげていた。

その目に浮かんでいたのはクリスチャンが恐れていた嫌悪感ではなく、困惑と興味が入りまじった表情だった。これまで敵意をたたえていた灰色の目が、今は問いかけるように見開かれている。不思議なことに、そこに憎しみはなかった。

「なぜこんなことを？　わたしを好きでもないのに」オリヴィアはかすれた声できいた。

そうだろうか？　これまでずっと？

クリスチャンはいぶかった。全身の血がたぎっている今、彼女のことが好きかどうかよりも、自分の理性を捨てるかどうかのほうが問題だった。こんなにも強い欲望を前にして、クリスチャンは生々しい欲求にめまいさえ覚えていた。

クリスチャンの混乱した気持ちを理解したのか、オリヴィアがそっと言った。「わたしはずっと、あなたに嫌われていると信じこんでいたの。お金目当てでトニーと結婚したと思われているんじゃないかって」

トニー！

クリスチャンは必死に正気を取り戻そうともがいた。何をしているんだ？　ぼくは頭がおかしくなってしまったに違いない。オリヴィアはトニーの妻、トニーの未亡人なのだ！彼女の夫が死んだという知らせをもたらしてものの一時間もたたないうちに、彼女に欲望を感じている。度しがたいことだ。互いが後悔するようなことをしてしまう前に、ここを立ち去るべきだ。

しかしクリスチャンが体を離そうとした瞬間、オリヴィアの顔に困惑したような表情がよぎった。そして責めるような声で言った。「そうなのね？　誰もがそう思っているんだわ。でも違うの」

生まれて初めて、クリスチャンはどうにも抑えようのない同情を覚えた。「そんなことはない。きみは美しい。男なら誰だって、きみを妻にできたら誇りに思うだろう」

「でもトニーは違ったわ」

「トニーは例外だ。言っておくけれど、ぼくは彼に、きみに近づくなと釘《くぎ》を刺されていた」クリスチャンは危険を承知しながら我慢できずに打ち明けた。自身の強烈な気持ちに驚いてもいた。

「そうだったの？　でも、あまり苦労せずに命令を守れたでしょう。わたしは……年上だもの」

「年齢と魅力を同列に考えるべきじゃない。セックスに障害はない」クリスチャンは指先をそっと動かしてうなじから頬を愛撫《あいぶ》した。

「セックス？　あなたはわたしとセックスをしたかったの？　今、それを望んでいるの？」

オリヴィアは〝セックス〟という言葉を初めて口にするかのような言い方をした。まるで考えもしていなかったようだった。不道徳な行為はここでやめようと決意していたにもかかわらず、クリスチャンの血がまた騒ぎ始めた。

クリスチャンは困惑した目で、頼りなげな表情を浮かべているオリヴィアを見つめた。もはや自分にも彼女にも正直にならずにはいられなかった。

「オリヴィア。もちろんきみと親密なひとときを持ちたいと思っている。でも今この場できみを抱くのが適切とは思えない」

「どうして？　トニーのせいね。そう、あなたはなんでもトニーを口実に使うのよね」オリヴィアはわかったというようにいきなり口もとをゆがめた。

「口実じゃない。オリヴィア、きみは動揺して……混乱している。朝になったら……」

「朝になったらわたしはマスコミの標的にされるわ。うわべだけの同情を押しつけられる。トニーが死んだとき誰と一緒にいたかがわかったら……さぞかしマスコミは喜ぶでしょうね。記事を書く前にサトクリフ上院議員が編集長を脅かさなければね」

「オリヴィア……」

悲しいほどの威厳をもって、オリヴィアはクリスチャンから離れた。「あなたはすぐに帰ったほうがいいわ。もしわたしと一緒にいるところを見つかったら、あなたのイメージに傷がつくわよ」

クリスチャンはオリヴィアを追いかけ、部屋を出ようとする彼女の腕をつかんだ。「イメージなんかどうでもいい。ちくしょう、オリヴィア、ぼくをどんな男だと思ってるんだ?」

クリスチャンの声にこめられた感情が、オリヴィアが二人の間に築こうとしていた壁を崩したようだった。

緊迫した空気があたりに立ちこめた。

「あなたはどんな男だっていうの?」オリヴィアは震える声で尋ねた。

次の瞬間、クリスチャンはうめき声をもらし、オリヴィアを両腕で抱いた。

「きみを求めている男だよ。きみが欲しい《テ・デセオ》。きみと一緒にいたい」クリスチャンは理性と一緒にプライドをかなぐり捨てた。

7

その日の午後、オリヴィアはダイニング・ルームのテーブルに向かい、いくらかでも絵本の制作を進めようとしていた。

ルイスが事故に遭う前は、絵本をつくることをかなり楽観的に考えていた。ロンドンの動物園で生まれ、そこを脱けだして中国にいる親戚《しんせき》を訪ねる子パンダを主人公としたシリーズ物のあらすじが、かなり詳しくできていた。

これはルイスが幼いころに話して聞かせた物語で、きちんとまとめたことはなかったが、何年にもわたってメモやイラストを作成していたので、それを基に制作する心づもりだった。

だがルイスの事故以来、オリヴィアは絵本づくりに以前ほど情熱がわかなくなってしまった。トニーが生きていた間は何もしなかったことをクリスチャンに指摘されたことがこたえていた。自分と子どもの生計を立てられるほどの才能があると思っていたなんて、身のほど知らずだったのではないだろうか。作家志望者などいくらでもいる。オリヴィアは自分が優れた児童文学者に仲間入りできるとはとても思えなかった。

それでも努力だけは続けようと心に決め、オリヴィアは子パンダがロンドン港の埠頭《ふとう》まで連れていってくれるようタクシーの運転手に掛《か》け合う場面を描き始めた。その作業にいつしか熱中し、背後のドアが開く音も聞こえず、テーブルに人影が映るまで、部屋に自分以外の誰かがいることに気づかなかった。

顔を上げたとたん、オリヴィアの頬がさっと紅潮した。クリスチャンが背後に立ち、ある場面に添えようとして描いていた小さなスケッチをのぞきこんでいる。オリヴィアは思わず抗議の声をあげ、白い紙をかぶせてスケッチを隠した。

「なんの用かしら?」怒りを隠しきれない声で言う。

クリスチャンは顔をしかめた。「それが客に対する言葉か? きみの芸術的才能を褒めようと思っていたのに。どこで絵を習ったんだい?」

オリヴィアはそっけなく答えた。「そんなことはあなたに関係ないでしょう。なんの用? ルイスが起きたの?」

ルイスはいつも、昼食後によく寝る。理学療法士の治療は疲れるらしく、それに夜あまりよく眠れないこともあって、昼寝が習慣になっていた。

しかし、クリスチャンは話題を変えようとしなかった。「とうとう執筆を始めたというわけか。がんばってくれ」

「ありがとう、でもあなたに褒めてもらう必要はないわ」オリヴィアは言い返した。「もう帰るって言いに来たのかしら?」

「そうじゃない」

クリスチャンは体の向きを変え、オリヴィアのすぐ近くの椅子に腰を下ろした。奇妙な表情が彼の顔をよぎる。

「どうしてそんなにぼくを帰らせたいんだ? ルイスにぼくたちの間に起こったことを話すとでも思っているのか?」

オリヴィアは驚いて椅子を引き、立ちあがった。「〝ぼくたち〟だなんて言わないでちょうだい。もし脅迫するつもりなら……」

「脅迫なんてしない。オリヴィア、ぼくにそんな意図がないことくらい知っているだろう」クリスチャンも立ちあがり、硬い声で言った。

「あなたのことはよく知らないわ」

オリヴィアは机の上に散らばっていた紙を集め始めた。その拍子に手がクリスチャンの腕に触れ、鼓動が速まった。気持ちを落ち着かせようとして、ゆっくりと息を吐く。

「ごめんなさい」

オリヴィアのていねいすぎる態度が、かえってクリスチャンのいらだちをあおった。

「ぼくたちはルイスのことで一緒に取り組まなければならないんだよ、オリヴィア。敵同士のような態度をとっても、なんの得にもならない」

「でも友だちじゃないでしょう。悪いけど、失礼するわね」オリヴィアは身を守るように原稿を胸にかかえた。

「きみの力になりたいんだ」

あまりに意外なクリスチャンの言葉に、オリヴィアは一瞬言葉を失って彼を見つめた。もしかして、妊娠のことを知っているのだろうか？　気づいてしまったの？

オリヴィアは喉の奥から無理やり声を絞りだした。「なんて……なんて言ったの？」

「きみの力になりたいと言ったんだ」クリスチャンは静かに繰り返した。

「力になる？　どうやって……力になってくれるというの？」オリヴィアは平静な態度を崩すまいと努力した。

「出版業界に知り合いがいるから、紹介するよ」クリスチャンはオリヴィアがかかえている原稿に向かってうなずいてみせた。

「けっこうよ！」

オリヴィアはろくに考えもせずにクリスチャンの申し出を断った。安堵《あんど》のあまり体が震えていた。足の力が抜けてくずおれてしまう前に、ここから立ち去りたい。クリスチャンの目の前で倒れたりしたら、よけいな注意を引いてしまう。

「オリヴィア」

「いいの……あなたの助けはいらないわ。ありがとう」声の震えは抑えられなかったが、言葉は明瞭《めいりょう》だった。

クリスチャンは悪態をつき、険しい表情で言った。「ぼくがきみに何かしてあげることが、そんなに気に食わないのか？　まったく、もう一度ベッドを共にしようと言っているわけじゃあるまいし。ただ、きみの原稿をプロの編集者に見せるチャンスをつくってあげたいだけだ。それもよけいなお世話なのか。いったいぼくが何をしたというんだ？　どうしてそれほどぼくを憎む？」

オリヴィアはうめくように答えた。「に、憎んでなんかいないわ」

「そうかな？」

「わたしは……」オリヴィアは慎重に言葉を選びながら答えた。「あなたを好きでもないし、嫌いでもないわ。言ったとおり、わたしたちはお互いによく知らない。でも……あんなことがあった以上……距離をおいたほうがいいと思うの」

「どうしてだい？」

「どうして？」オリヴィアは目をしばたたいて、クリスチャンの言葉を繰り返した。

「そう、どうしてだ？　一緒にいたって、何も不都合はないだろう」

「それは……だって、自然にふるまうのはとても難しいわ」

クリスチャンは軽く肩をすくめた。「ぼくは平気だ」

オリヴィアは別の方向から自己弁護を試みることにした。「なんと言おうと、あなたがわたしに好感を持っていないことはわかっているの」彼女はきっぱりと言った。

クリスチャンがくすりと笑う。「ぼくのどこを見て、そんなふうに思ったんだい?」

「ああ……ばかみたいね」オリヴィアはどうしようもないというように、頭を左右に振った。

「そうだろう」

「違うわ、この会話がよ」

クリスチャンは何も言わなかった。オリヴィアは彼の澄ました顔を見て、何か気のきいた言葉を返してその表情を崩してやりたくてたまらなかった。

「わたしに何をさせたいの?」

「ああ、今度のほうがいい質問だ」

オリヴィアはため息をついた。「どういう意味か、わかるでしょう」

「どうしてわかるんだ? 絵本のことで力になりたいと言ったのに断られた。ヘリコプターを手配したけれど使ってもらえなかった。ここに来たのはルイスに会いたかったからだと言ったのに、信じてくれない。なぜだかまったくわからないよ」

オリヴィアは再び頭を振った。お手上げだ。とにかくクリスチャンの居心地を悪くして帰る気にさせたいと思っているのに、何を言っても効果がない。逆にこちらの事情を探られる結果になる。それは何よりもオリヴィアの望まないことだった。

彼の子どもを身ごもっていなかったらどんな気持ちになっていただろう？　あの晩、彼が車で去っていったとき、二人の関係が完全に切れていたら……。今になって関係を修復したいと言われ、喜んで受け入れていたかもしれない。

オリヴィアがクリスチャンに惹《ひ》かれた理由は考えるまでもなかった。クリスチャンが動くたびに隠れていた性的魅力がにじみ出てきて、二人で過ごした時間がよみがえってくる。クリスチャンに対する嫌悪の裏には、彼に強烈に惹かれる気持ちがあることを認めざるをえなかった。

クリスチャンはあきらめたというように両手を広げて言った。「わかったよ。今後はきみに近寄らないことにする。でも今夜帰るわけにはいかない。時間が遅すぎる。明日の朝の連絡船で帰ると、ルイスに言うよ」

オリヴィアはうなずいた。「好きにしてちょうだい」

クリスチャンは苦々しく言い返した。「ぼくじゃなく、きみの好きにするんだろう。ぼくはきみとの関係を改善したいと思っていた。だがきみは、ぼくが自分勝手な気持ちで愛を交わしたと思いこんでいて、何を言っても素直に聞いてくれない」

またもや思いがけず記憶がよみがえり、オリヴィアは身を震わせた。そして誤解を正しておこうと口を開いた。「愛を交わしたわけじゃないわ、セックスをしただけよ。わたしたちは二人ともトニーの死にショックを受けて、何をしているかわかっていなかったわ」

クリスチャンはもどかしげにオリヴィアを見つめた。「きみはそんなふうに考えるのか?」

オリヴィアは一瞬ためらったのち、きっぱりと答えた。「そうよ」

「きみが何を言おうとしているのか、どうしたいのかはわかった。けれど、ぼくたちの関係はそんなものじゃない。あれは単なるセックスではなかった。もしそう考えているのなら、きみは間違っている」

オリヴィアは息をのんだ。こんな話は終わりにしたかった。クリスチャンのことを愚かな男だと思っているほうが楽だ。彼を思いやりのある人間的な男とは思いたくない。

「一度とはいえあんなふうになってしまい、わたしたちは二人とも後悔している。今後は離れているほうがいいんじゃないかしら?」

クリスチャンは思わせぶりな顔をしてオリヴィアを見つめた。「どうしてだ? また抱き合いたくならないようにかい?」

「違うわ! ルイスに誤解されたくないからよ」

「彼がどんな誤解をするというんだ?」

「わたしたちが恋人関係にあるとか」

「きみに早く帰れと言われたと話したら、かえって疑われるんじゃないか?」

「わたしに言われたなんて言う必要はないでしょう。勝手にすればいいわ。失礼するわね」オリヴィアはいらだった声で言い、クリスチャンを押しのけて戸口に向かった。

ルイスはまだ寝ていた。暑い日差しの中に出ていく気にもなれず、オリヴィアは自室に戻った。原稿を引き出しにしまってからも、落ち着いて座っていられなかった。トニーが死んだ晩の出来事がよみがえり、どうにも気持ちがおさまらない。

クリスチャンを悪人扱いし、自分は辱しめられただけだと考えるのは簡単だった。だが本当はそうではない。クリスチャンが誘惑したのと同じくらいに、オリヴィアのほうも彼を誘惑したのだ。そう、彼の言うとおりよ。わたしも、彼を求めていた……。


あの晩、初めはそんなきざしは皆無だった。

オリヴィアはなぜか眠れないままベッドに横たわり、外から差しこむ月光が天井に描きだす模様を眺めていた。

ふとドアがノックされた。執事からクリスチャンが来たと聞いたとたん、オリヴィアは虫の知らせのようなものを感じてひどく不安になった。クリスチャンがわたしに、なんの用事があるというのだろう?

ほっそりとして色黒で、不自然なくらいに緊張したクリスチャンの姿が頭の中に浮かんだ。クリスチャン・ロドリゲスはいつでも気にかかる存在だった。黒い瞳としなやかな体に、どんな女性も引きつけられた。オリヴィアは彼に好意をいだいたことはなく、クリスチャンのほうも彼女を嫌っているらしかった。それでも、クリスチャンが罪深いほどにセクシーであることを意識せざるをえなかった。

その危険なクリスチャンが、真夜中に何をしに来たのか、見当もつかない。トニーに会いに来たのなら、来る場所を間違えている。パーティや会合があるとき以外、トニーがバル・ハーバーの家で寝ることはない。

それくらいクリスチャンだって知っているだろうと、オリヴィアはシルクのガウンを羽織りながら考えた。トニーの耳には入れたくないことでもあるのかしら？　それとも、ルイスが何かよからぬことをしでかしたのだろうか？

オリヴィアは着替えようかと考えて、やめた。クリスチャンはオリヴィアの身なりになど注意を払わないだろうし、女性のガウン姿なんか見慣れているはずだ。彼にどう思われるかを気にするには、自分はもう年をとりすぎている。

クリスチャンは居間で待っていた。かなり広い部屋だが、それでも隣接する応接室よりは狭い。クリスチャンは窓の外を見ており、オリヴィアはしばらく彼に気づかれずにその姿を眺めた。

記憶よりも大きく見えたのは、オリヴィアが靴を履いていないせいかもしれない。広くてがっしりとした背中は、普段ほど堅苦しい感じではなかった。今夜は上着を着ておらず、シャツには汗の染みができていた。

心ならずも、オリヴィアは脈が速まった。もしクリスチャンが個人的にわたしに会いに来たとしたら、どんな気持ちがするだろう、とオリヴィアは思った。

トニーは自分ではさんざん浮気をしているのに、妻に対しては貞節を要求した。もし裏切るようなまねをしたら、ルイスには二度と会わせないと申し渡されていた。

オリヴィアは浮気などしたくもなかったが、クリスチャンが振り向いたとき、かすかに胸が震えた。いったいどうしたのか、自分でもわからない。真夜中ということもあるし、彼がいつもほど傲慢《ごうまん》に見えないせいかもしれない。黒髪が乱れ、朝から髭《ひげ》を剃《そ》っていないらしく、顎がうっすらと黒くなっていた。

オリヴィアの背筋に寒気が走った。何かよくないことが起こったのだ、とオリヴィアは直感した。心臓が早鐘を打ちだす。ルイスは数週間前に西海岸に行ったばかりだ。まさか彼の身に何かあったのではないだろうか。

だが、違った。

クリスチャンがもたらした知らせはよくもあり、最悪でもあった。ルイスは大丈夫だったが、トニーが死んだ。愛人と一緒にいて心臓発作を起こした、とクリスチャンは言った。

オリヴィアは苦々しい思いで考えた。愛の行為にふけっている真っ最中だったかもしれない、と。年齢的な衰えを認めたがらない男にありがちなことではないだろうか?

クリスチャンは同情的だった。でも、彼が心配しているのは会社のことで、わたしを思いやってのことではない、とオリヴィアは考えた。

それがクリスチャンの怒りを買った。彼はオリヴィアを冷たいと言って責めた。おそらくそれまでずっと、そう考えていたのだろう。オリヴィアとしては、どうでもいいから愚かなふるまいに及ぶ前に、クリスチャンに帰ってほしかった。執事を呼んで、彼を送りださせたかった。

ところが執事はいなくなってしまった。クリスチャンがもともと来る予定だったと執事が誤解したとも考えられる。もしかしたらオリヴィアがトニーに、自分と同じ苦い思いを味わわせてやろうとしているのだと思ったのかもしれない。だが時すでに遅しだった。トニーはこの世にいないのだから。

オリヴィアは自分の気持ちがよくわからなかった。もちろん悲しい。だが結婚相手としてのトニーは、彼女の期待したような人物ではなかった。かつては彼を愛していた。しかし今は違う。トニーへの愛は何年も前に消えていた。

クリスチャンの手に触れたとき、自分では何も考えていなかった。ただクリスチャンの暴言を許したと伝えたかっただけなのに、二人の間にそれ以上の緊迫感が生まれた。何が起きたのかわからないうちに、オリヴィアはクリスチャンの腕に抱かれていた。あらがうふりをしてみたものの、彼女は押しつけられてくるクリスチャンの体の硬さを強烈に意識していた。

怖いほどの欲望だった。オリヴィアは長らく禁欲的な生活を送ってきた。トニーの愛人たちがオリヴィアを不感症だと思っているのは知っていたし、事実、自分でもそうかもしれないと思い始めていた。だがクリスチャンに腰を引き寄せられ、硬くなった彼の体を押しつけられたとき、心の中で鳴り響く警報を消すほどの欲望がわきあがった。

クリスチャンに触れてほしい。熱く潤み、期待に打ち震えている場所に触れてほしい。

彼はいい香りがした。石鹸《せっけん》と汗と、熱い体の匂《にお》い。高ぶった男性の麝香《じゃこう》の香りがオリヴィアの興奮をあおった。

彼女の反応に、クリスチャンも驚いているはずだった。唇を重ね合わせたとき、彼が何を予想していたかはわからないが、むさぼるような激しいキスを返されるとは思わなかっただろう。その一瞬、オリヴィアは自分の欲望に身を任せた。クリスチャンはあまりに慎みのない彼女の態度に困惑したように見えた。

夫の右腕に色目を使うなんて、どう思われるだろう? 自分がどうなってしまったのか、彼女自身にもわからなかった。とにかく大変なことが起こる前に、何か手を打つべきだ、とオリヴィアは思った。

今さらながらというタイミングで、オリヴィアはクリスチャンにすぐ帰ったほうがいいと言った。彼の言うとおり、オリヴィアはショック状態にあり、彼の同情にすがりついてしまったのだ。

「わたしと一緒にいるところを見つかったら、あなたのイメージに傷がつくわよ」オリヴィアは硬い声で言い、クリスチャンに背を向けた。

クリスチャンは部屋を出ようとしたオリヴィアの腕をつかんで引き止めた。「ぼくがイメージなんかを気にすると思うのか？　ちくしょう、オリヴィア、ぼくをどんな男だと思っているんだ？」その声にこめられた感情が、オリヴィアが二人の間に築こうとしていた壁を突き崩したようだった。

不穏な空気があたりに立ちこめた。「あなたはどんな男だっていうの？」オリヴィアは震える声で尋ねた。クリスチャンはうめき声をもらし、オリヴィアを両腕で抱いた。

「きみを求めている男だよ。きみが欲しい《テ・デセオ》。きみと一緒にいたい」

クリスチャンが言い、オリヴィアは膝から力が抜けるのを感じた。

こんなことはありえない。あってはいけないことだ。だが現実だった。クリスチャンの唇は熱く、信じられないくらいに官能的だった。オリヴィアは自ら唇を開いた。降伏しているのか誘惑しているのかわからない。どちらでもかまわなかった。両手をクリスチャンの背にまわし、オリヴィアはよけいなことを考えるのはやめた。クリスチャンに愛されることで、傷ついた心を忘れたかった。

クリスチャンがふと身を引き、オリヴィアの顎に手を当て、親指で彼女の下唇をなぞった。唇はキスのせいで腫《は》れている。彼は銀色の深みに何かを探すようにオリヴィアの目をのぞきこみ、低い声でささやいた。「階上《うえ》に行かないか？　執事が戻ってきたら困るだろう」

夢の中にいるような気分で、オリヴィアはクリスチャンの手を取り、階段をのぼっていった。かつては主人の寝室であり、今はオリヴィアひとりの寝室となっている部屋は、彼女が出てきたままの状態だった。クリーム色のサテン地の枕《まくら》が、同じ生地のシーツの上にのっている。使用人が整えたベッドカバーはまったく乱れておらず、オリヴィアの使っていたスペースの狭さがうかがえた。

室内は暖かいのに、オリヴィアは震えた。トニー以外、男性をベッドに入れたことはない。ベッドの中の自分が魅力的なのかどうかもわからない。トニーのふるまいから判断すると、たぶん救いようがないのだろう。

そのトニーは死んだ……。

恐ろしい事実に、オリヴィアは鳥肌が立った。その気持ちを読んだかのように、クリスチャンが彼女の頬に両手を当てた。唇をすり寄せ、先ほど居間にいるときに感じていた情熱を呼び覚ました。

「寒いのかい？」

クリスチャンの低い声に、オリヴィアは突然興奮を覚えた。彼の黒い瞳が愛撫《あいぶ》するようにオリヴィアを見ている。クリスチャンが彼女を求めているのは確かだった。彼の興奮が腰に押しつけられた体からずきずきと伝わってくる。

「あなたは?」オリヴィアはきき返し、クリスチャンを見あげた。彼はスペイン語で何かつぶやき、両手をオリヴィアの背中へと滑らせた。手は襟からガウンの中へと滑りこみ、てのひらの熱が肩に伝わった。彼女の肌は汗ばんでいたが、クリスチャンは気にしていない様子だった。

「どう思う?」クリスチャンは尋ねた。

オリヴィアは彼のシャツの裾《すそ》をズボンから引きだしてもいいだろうかと考えた。彼の肌をじかに感じたかった。だがそんな親密な関係を誰かと持ったことは久しくなかったし、相手のクリスチャンはほとんど知らない男性だ。

「あなたは暖かいみたい」

オリヴィアが恥ずかしそうに言うと、クリスチャンは輝くような笑みを浮かべた。

「ああ、ぼくは暖かい」

オリヴィアにされるまでもなく、クリスチャンは自らシャツを引きだした。いちばん下のボタンが外れて床に転がる。しかし彼はまったく気にしなかった。さらにオリヴィアを抱き寄せ、唇を耳たぶに寄せて愛撫する。彼女の耳にクリスチャンの乱れた息遣いが聞こえた。

いつの間にかオリヴィアのガウンの紐《ひも》がほどけていた。その下は淡い緑色のサテンのナイトドレスしか身に着けていない。

クリスチャンはガウンの前を開き、その美しい体を見ながら言った。「きれいだよ。ああ、きみはぼくを求めている。どうして今まで気づかなかったんだろう？」

求めていなかったからよ、と心の中でつぶやくと同時に、オリヴィアは急に恥ずかしさを覚えた。それに自分がきれいだとは思えなかった。トニーのせいで。トニーはオリヴィアに高価な服を着せ、上品に見えるよう求めた。だが妻にきれいだと言ったことはなかった。今になって、なぜ自分がきれいだなどと信じられるだろう？

それでもクリスチャンに見つめられると、思いがけずセクシーな気持ちになれた。サテンのナイトドレスが体にまとわりついている。彼女は自分が若くなった気がした。クリスチャンほど若くはないが、それでも中年ではない。まるで宙に浮いているような、生き生きとした気分になった。

ガウンが肩から外れて足もとに落ちたかと思うと、オリヴィアはクリスチャンに引き寄せられた。彼の目は欲望に燃えていた。彼と二人で生まれたままの姿になりたいという、生まれて初めての欲望を感じ、ナイトドレスを脱がされても、オリヴィアはまったく動じなかった。

男性の前で一糸まとわぬ姿になるのが何年ぶりか思い出せなかった。トニーとの甘い生活はあっという間に終わり、人の気持ちを思いやることを知らない夫のせいで、二人の関係は壊れた。だからわたしは自分が女性以下の存在だと思いこんでしまったのだろうか、とオリヴィアは自問した。トニーの不誠実な態度のせいで、自分自身のイメージまで汚してしまったのかしら？

だがこのひととき、オリヴィアは自分のイメージなどどうでもよかった。クリスチャンに見つめられ、自分がきれいだと信じることができた。彼は目に欲望をたぎらせてオリヴィアをじっと見つめた。彼はわたしを求めている、と彼女は確信した。彼に求められていると強く感じ、そのとたんオリヴィアの体から力が抜けた。

それを察したかのように、クリスチャンはそっとオリヴィアをベッドに横たえた。彼はまだ服を身に着けたままだった。オリヴィアは彼に身を任せる覚悟を決め、ズボンのベルトに手を伸ばした。

ところがベルトのバックルが思うように外れず、オリヴィアはシーツの上に倒れこんだ。クリスチャンは靴を脱ぎ捨て、オリヴィアの傍らに横たわった。

「あなたは服を脱がないの？」オリヴィアは息を弾ませながら抗議の声をあげた。

クリスチャンはオリヴィアの胸の下に両手を当て、親指で胸を撫《な》でながら言った。「慌てなくていい。まだ夜は長いよ」

優雅な身ごなしで、クリスチャンはオリヴィアに覆いかぶさった。ズボンをはいていても、彼が高まっているのがわかった。オリヴィアがその高まりに指を走らせると、彼はうめき声をもらし、オリヴィアの両腕を押さえつけた。

「せかさないでくれ」クリスチャンの声には、彼もまた、はやる気持ちを抑えるのに苦労していることがうかがえた。

彼は片手を離し、親指でオリヴィアの胸の頂をこすった。そこはすぐに硬くなり、オリヴィアは身をよじった。

「気持ちがいいんだろう？　言ってごらん。どんな感じか知りたい」

「すごく……悩ましい気持ちよ。お願い、もっと触れて。わたしもあなたに触れたいわ」

オリヴィアはあえぐように言った。クリスチャンの目を見つめたまま、自由なほうの手を伸ばしてズボンのファスナーを下ろす。そして彼が制するのも聞かずに、手を中に差し入れた。

シルクのトランクスの下で、熱く脈打つものが解き放たれたがっている。オリヴィアはそれを手で包みこんだ。

「お願いだ《ポル・ファヴォール》、オリヴィア。きみを気持ちよくさせてあげたいのに、そんなふうに触れられ続けると……ああ、ぼくだって人間なんだよ」

何やら叫ぶなり、クリスチャンはベルトを外してズボンを脱ぎ捨てた。続いて黒いトランクスが床に落ち、もはや二人を隔てるものは何も存在しなかった。

クリスチャンはオリヴィアにキスをした。徐々にキスを深めていき、彼女の口の中をむさぼる。あらゆる場所を味わったあと、オリヴィアにも同じようにするよう促した。

彼に導かれるまま、彼女もクリスチャンを味わった。肌がこすれ合うたび、体じゅうに熱が広がっていく。体の奥がうずき、彼女は一刻も早く彼の高まりを迎え入れたかった。もう我慢できそうにない。あえぎながら彼を見あげると、その顔に生々しい欲望が見て取れた。

クリスチャンはオリヴィアの胸の間に唇を這《は》わせて興奮をあおったあと、親指と人差し指で胸の頂をくすぐり、口に含んだ。

胸を吸われ、オリヴィアの体の奥に炎がともる。彼女はすでに絶頂の手前、もう引き返せないところにまで来ていた。

クリスチャンは不意に唇を離し、片手を下腹部へ移し、腿の付け根の潤んだ部分に差し入れた。そしていちばん感じやすい部分を親指で探りながら、指を中に滑りこませた。

彼の巧みな愛撫にオリヴィアは我を忘れ、全身を震わせて絶頂に達した。だが彼がのぼりつめなかったことに気づき、うめき声をもらした。

クリスチャンは満足げにオリヴィアの唇にキスをした。「満たされたかい？」

クリスチャンがかすれた声で尋ねると、オリヴィアは気だるい様子でうなずいた。「でも、あなたは……」

「今のはきみのためだった」

オリヴィアに何か言う暇を与えずに、クリスチャンは彼女に覆いかぶさり、彼女の中に押し入った。オリヴィアは思わず息をのんだ。

「今度は一緒だ」クリスチャンは低い声で言い添えた。

彼の高まりをオリヴィアは精いっぱいに迎え入れた。

「すばらしいよ。思ったとおりだ。処女だと言われても信じるくらいだ」クリスチャンは満足そうに言った。

オリヴィアは身を震わせた。セックスがこれほどの喜びをもたらしてくれるものとは知らなかった。それ以上に驚いたのは、彼が動き始めたときの自分の反応だった。

彼のリズムに、自分の体が再び応《こた》えていたのだ。オリヴィアは顔を上げ、行為に没頭しているクリスチャンの瞳を見つめた。そして彼の首にしがみつくと、汗に濡《ぬ》れた彼の髪が彼女の指にからみついた。

クリスチャンがさらに奥へと分け入ったとき、オリヴィアは二度目の絶頂を迎えた。同時にクリスチャンも自らを解き放ち、全身を小刻みに震わせながらオリヴィアの両腕の中に倒れこんだ。

8

オリヴィアは窓辺の椅子に座り、暮れなずむ風景をぼんやりと眺めた。クリスチャンとの出来事を細かく思い出したのは、あの晩以来初めてだった。改めて考えると、認めざるをえなかった。クリスチャンにばかり責任があるとはいえない、と。

自分がどんなに彼を求めていたかを思い出し、より大きな責めを負うべきは自分のほうかもしれないと認めた。自分は無防備で、クリスチャンは経験豊富だった、と言い訳するのはたやすい。だが実際は、あの出来事の主導権はオリヴィアが握っていた。彼女のほうからクリスチャンをベッドに誘ったのだ。

はっきりと自分の責任を自覚したことで体の奥に震えが走り、オリヴィアはそれを抑えるかのように腹部に手を当てた。これからどうしたらいいのだろう？　妊娠したことをクリスチャンに話さなければいけないかしら？　わたしのことをよく言っても必要悪ぐらいにしか考えていない男性に、あなたの子どもを身ごもっていると打ち明けるの？

いや！

とてもできない。そんなことは耐えられない。クリスチャンにはクリスチャンの生活があり、オリヴィアにはオリヴィアの生活がある。過ちとしか考えられないものに対して、よけいな責任を感じてほしくない。

とはいえ、クリスチャンを敵視するような態度は改めるべきだろう。そんな態度は無用な波風を立てるだけだ。しかも、オリヴィアが彼を疎んじる気持ちの根底には、彼にいやおうなく惹《ひ》かれる気持ちが隠されていた。クリスチャンを嫌いになりたいと思っても、それはかなわぬ願望だった。

よくよく考えれば、クリスチャンには感謝するべきことがたくさんあった。カリフォルニアまで出向いてルイスにトニーの事故を知らせたのはクリスチャンだ。埋葬のために警察からトニーの遺体が返されるまで押し寄せるレポーターたちを食い止めてくれたのもクリスチャンだった。

サトクリフ上院議員の尽力にもかかわらず、やがて彼の妻がトニー・モーラと関係していたことは明るみに出た。だが、オリヴィアはインタビューをすべて断った。オリヴィアは自分の感情を隠し、不自然なくらいに超然とした態度を貫いた。すると、マスコミはオリヴィアに〝氷の未亡人〟というレッテルを貼《は》ったのだった。

オリヴィアはため息をついて立ちあがった。シャワーを浴び、夕食のための身づくろいをする。お気に入りのシルクのショートパンツと、淡い緑色のチュニックを選んだ。

茶系のアイシャドーをまぶたに塗りながら、オリヴィアはこの服を選んだ自分の気持ちを考えていた。薄い布地の下に、ブラジャーが透けて見え、レースのブラジャーは実際より胸を大きく見せている。偶然クリスチャンと浜辺で会ったときの服装よりはおとなしいと自分に言い聞かせたものの、彼を試そうとしているような気持ちがあることは否めなかった。どれだけ効果があるものだろう？

まだ濡《ぬ》れていた髪を革紐《ひも》を使ってうなじでまとめると、オリヴィアはヒールの低いサンダルを履いてキッチンへ行き、夕食の献立をスザンナと話し合った。

その晩、ルイスは機嫌が悪かった。オリヴィアが予定していた上品な食卓は、ルイスと看護師とクリスチャンの討論の場と化し、せっかくのおいしい蟹《かに》料理や魚のグリルは手つかずのままだった。

腰がかゆくてたまらないとか、家の中に閉じこめられているのはうんざりだとかいうルイスの泣き言は、ほとんど同情を引かなかった。クリスチャンが明日マイアミに帰るつもりだと言うと、ルイスはいきりたった。

「何日か滞在するつもりだって言ってたのに。どうしたの？　義母《かあ》さんが何か言ったのかい？　義母さん、少しはぼくのことを考えてよ」ルイスは不機嫌な顔をして、オリヴィアをにらみつけた。

オリヴィアが答えようとした矢先、クリスチャンが厳しい言葉を投げつけた。「ルイス！　そんな口をきくもんじゃない。お義母さんがいなかったら、こんな恵まれた環境で療養はできなかっただろう。恩知らずなことを言ったら、ぼくが恥ずかしい思いをする」

「あなたにどう思われようとかまわないさ」

　虚勢を張って答えたルイスに、クリスチャンはさらに続けた。

「それはどうかな。きみが二十一歳になるまでは、お義母さんが守ってくれるかもしれない。だがお父さんの遺言の執行者はぼくだ。きみが態度を変えて、責任ある大人としてきちんとふるまうようにならないのなら、今予定されているきみへの遺産の支払いは――」

　クリスチャンは不意に言葉を切った。激したことが恥ずかしくなったのか、頬が赤くなっている。しかし、彼がルイスに言わんとしていることは明らかだった。

　ヘレン・スティーヴンズがスザンナの片づけを手伝うと言って席を立った。

　ルイスは少し声を低くして言った。「義母さんには感謝してるさ。ぼくだってばかじゃない。義母さんはすばらしいよ。でも、あなたが何日かいてくれると思って、ぼくはすごく期待していたんだ。ヨットに乗れるかもしれないってね。あなたが借りてきたジープで港まで行って、ヨットを借りてさ。とにかく男の仲間が欲しいんだ。女性とばかりずっとここにいるのは退屈でつまらないんだ」

　クリスチャンの表情はあまり変わらなかった。同情を感じさせない口調で言う。「言葉に気をつけたほうがいいぞ」

「お医者さまの許可が出るまで、車で出歩くのはどうかしら。まだ事故から一カ月しかたっていないのよ」オリヴィアが口を挟んだ。

「日数ならちゃんとわかってるよ、義母さん。三十二日だ」

「ルイス――」

オリヴィアを制して、クリスチャンが話し始めた。「憂鬱《ゆううつ》になる気持ちはわかる。でも自分のせいなんだぞ。カリフォルニアの警察の話によると、きみの車は制限速度を大幅に超えていた。大幅に、だ。死ななかったのが幸運だった」

「そう、本当に幸運だったよ」ルイスは苦々しげに認めた。

急に勢いがなくなったルイスの様子を見て、オリヴィアは心が沈んだ。「ねえ……もしクリスチャンが数日いられるというのなら、わたしはかまわないのよ。もちろん、予定があるかもしれないけれど、もしないのなら……」オリヴィアはおずおずと言った。クリスチャンに見られているのを感じたが、目を合わせられなかった。

「その必要はないよ、オリヴィア。ルイスは今日は機嫌が悪い。じきに納得するさ」

クリスチャンの言葉に、オリヴィアは彼のほうを見た。彼は探るような目で彼女を見ていた。

「でも……よければいてちょうだい。わたしはかまわないわ」

クリスチャンは眉をひそめて言った。「オリヴィア……」

「義母さんがそう言ってるんだから、いいじゃないか、クリスチャン。ばかなことを言ったのは謝るよ。もう言わないから、もっとここにいてよ」ルイスが懇願した。

「そうだな……本当にいいのかな？」クリスチャンはまたオリヴィアを見つめた。

オリヴィアは体の奥が熱くなるのを感じた。ごくりと喉を鳴らし、立ちあがって空いた皿を集めながら言う。「どうぞ。失礼するわね。スザンナたちの様子を見てくるわ」


オリヴィアはなぜあんなことを言ったのだろう？

翌朝もまだ、クリスチャンはオリヴィアの気が変わった理由を考えていた。あんなにぼくを帰らせたがっていたのに、とどまるように勧めたのは、ルイスをなだめるためだけだろうか？　あるいは、ぼくのことを、思っていたほど悪い人間ではないと思い始めたのだろうか？

トニーのクリスチャンに対する態度がオリヴィアに悪影響を及ぼしているのはわかっていた。トニーは誰彼かまわず、クリスチャンは自分にそっくりだと吹聴《ふいちょう》した。だがそれは違う。クリスチャンはトニーほど浮気性ではなかった。確かに恋人はたくさんいたが、少しでも相手に好意を持たなければベッドを共にすることはなかった。

クリスチャンとオリヴィアはずっと疎遠だった。彼女はクリスチャンが夫のもとに来た理由に不信感をいだいていた。クリスチャンのほうも、トニーから警告されていたせいで、オリヴィアに距離をおいていた。それでなんの不都合もなかった。トニーが死んだ晩までは……。

クリスチャンはため息をついた。あの晩、何が起こったのだろう？　クリスチャンにとって、自分の行動を釈明するのは簡単だった。オリヴィアは打ちひしがれ、彼は彼女を慰めたにすぎない、と。

だがそれだけではなく、二人が一緒に過ごした時間に何かが生じたはずだ。そう思うのは、クリスチャンひとりではなかった。ルイスが入院した病院でオリヴィアに触れたとき、クリスチャンは彼女の動揺を感じ取った。なぜオリヴィアはぼくを恐れるような態度をとるのだろう？　彼女は何か隠しているのだろうか？

クリスチャンとしては、オリヴィアが自分に惹かれているせいだと思いたかった。だがそれは望みがすぎるというものだ。たぶんオリヴィアは、彼女独自のやり方であの出来事を解釈し、整理しようとしているのだ。

問題は、クリスチャンがオリヴィアに惹かれていることだった。もちろん、これまでもずっと彼女のことを意識していた。しかし、トニーが生きている間は、オリヴィアにほかの男を近づけまいとするトニーの意思を尊重していた。

クリスチャンはたとえ誘いをかけられても、既婚女性とつき合ったことはなかった。オリヴィアは信じないかもしれないが、これまで、良心に照らして恥ずかしいと思うような行動は何ひとつしていなかった。

トニーが死んだ晩の出来事についても、恥じてはいない。オリヴィアがかきたてた強烈な感情なくしては、あんなキスはしなかったし、あれほど熱烈に愛を交わしはしなかった。困ったことに、その感情は今なお消えず、クリスチャンを悩ませている。サン・ジメノ島にやってきた隠された理由はそれだった。自分の思い過ごしかどうかを確かめたかったのだ。

それで、ここへ来て何がわかったのだろう？　何もわからない。例の感情はいまだにクリスチャンを刺激する。そのせいでジュリーとの関係は壊れた。オリヴィアのクリスチャンに対する態度を考えれば、皮肉としか言いようがなかった。

二人の間に何かがあるのは、ルイスにさえわかった。クリスチャンはオリヴィアと一緒にいると、不思議と快活な気分になる。いつも楽しく、飽きることがない。腕時計を見たり、ほかの場所へ行きたくなったりすることはなかった。

だがそれをオリヴィアにわかってもらうのは、とうてい無理な気がした。確かにオリヴィアは数日の滞在を認めてくれた。だからといって、それで何が変わるというのだろう？

何があろうと週末にはマイアミに戻らなければならない。いつまでもマイク・デラノに留守を預けてはおけない。一度この島を出たら、今度はいつオリヴィアに会えるだろう？　どんな言い訳をつくってここを再訪すればいいんだ？

クリスチャンは、オリヴィアがすでに朝食をすませてどこかへ行ってしまったのではないかと予想しながら、日差しのあふれる部屋に入っていった。しかし彼女はまだテーブルに着いていた。コーヒーカップを手にぼんやりと景色を眺めている。オリヴィアが気づく前のほんの一瞬、クリスチャンは彼女の横顔をじっと見つめた。抑えようとしていた欲望がたちまち頭をもたげる。

クリスチャンは自分をたしなめ、冷静な表情を取りつくろった。彼の気配を察したのか、オリヴィアが振り向いた。

いったいぼくはどうしてしまったのだろう、とクリスチャンは自問した。この性急な欲望はどこからわいてくるのだろう？　ぼくはいつから、オリヴィアをはるか年上の女性と見なすのをやめたんだ？　いつから彼女のことを思うあまり、眠れない夜を過ごすようになったのだろう？

「おはよう」オリヴィアはクリスチャンが拍子抜けするくらい、ごく自然に挨拶《あいさつ》をした。

クリスチャンは低い声で挨拶を返し、オリヴィアのせいで起こった下半身の変化に気づかれる前に、急いで椅子に座った。そしてオリヴィアが押してよこしたバスケットから、温かいパンを取った。

オリヴィアがコーヒーをカップにつぎ、砂糖とクリームと一緒に差しだす様子を、クリスチャンはじっと見守った。「ブラックでいい。ありがとう」彼はなんとも居心地の悪い気分で礼を言った。

けさのオリヴィアは服をピンク色で統一していた。胸にいるかの絵がついた淡いピンク色のTシャツに、ピンク色のショートパンツ。日焼けした顔を引き立てるピンク色のヘアバンドをつけ、銀色がかった金髪を肩に垂らしている。信じられないほど若く見え、健康的だった。

これほど素顔の美しい女性を見たことはなく、クリスチャンは彼女の関心を引きたくてたまらなくなった。

「コーヒーは冷めてないかしら?」

オリヴィアの口調から、彼女が精いっぱいていねいな態度をとろうと努力しているのがうかがえた。気配りの行き届いた女主人がいかにも言いそうなせりふだ。

「そんなことが気になるのかい? ぼくを引き止めたのは、単にルイスをなだめたかったからにすぎないんだろうに」わざとオリヴィアをいらだたせるようなことを言う。

一瞬、クリスチャンはオリヴィアが否定するかと思った。だが、すぐには言葉が出ないようで、彼女は驚いた顔をしただけだった。それでも、しだいにオリヴィアの表情が変わるのを見て、クリスチャンは後悔した。彼が欲望を抑えられないのはオリヴィアのせいではないのに。

「そうとわかっていながら、あなたはわたしの申し出を断らなかった。あなたとは仕事のうえでいい関係を築けるかもしれないと思ったけれど、やっぱり無理なのね」

クリスチャンは肩をすくめ、眉を上げた。「ぼくだって休戦するのにやぶさかでない。それで、仕事のうえでのいい関係というのは、どういうものなのかな？」

やぼで挑発的な問いだった。オリヴィアはあえて答えずに立ちあがり、ベランダへ向かった。無視されても仕方がない、とクリスチャンは思った。自分の愚かさにあきれていた。

「オリヴィア」

呼びかけは聞こえたはずだが、オリヴィアは振り向きもしなかった。クリスチャンは立ちあがって彼女に続いた。オリヴィアは家に背を向け、ベランダの手すりにもたれていた。ショートパンツをはいたオリヴィアのヒップの丸みに、クリスチャンは目を奪われた。だが気持ちをそこからそらし、彼女のすぐ後ろまで近寄って息を整えた。

「オリヴィア」

クリスチャンはもう一度、今度は心をこめて呼びかけた。オリヴィアは振り向き、クリスチャンが間近にいることに驚いた様子で目を丸くし、再び手すりにもたれた。そして警戒するように彼を見つめた。迫りくる自動車のヘッドライトに照らされた兎《うさぎ》のようだった。逃げだしたくてたまらないのに、その場に凍りついて動けずにいる。

「すまない」クリスチャンは謝った。

それを聞いてオリヴィアは頭を振り、その場を去ろうとした。クリスチャンはオリヴィアの両脇《わき》の手すりに手をかけ、彼女の動きを封じた。

「信じてくれないのか？　心ないことを言うつもりはなかったんだ。きみを傷つける意図は毛頭なかった。まったくぼくはろくでなしだよ」

非難されるのを覚悟したクリスチャンの予想をくつがえし、オリヴィアは口もとにかすかな笑みを浮かべた。まるで彼の言葉をおもしろがっているようだ。

「あなたはろくでなしなんかじゃないわ。でも、とにかく忙しいの。ルイスがまだ朝食を食べていないのよ」オリヴィアは言い、クリスチャンを押しやろうとするかのように、人差し指で彼の胸を突いた。

ルイスのことなどどうでもいいとクリスチャンは言いたかった。胸を押しているオリヴィアの指が気になって仕方がない。

「じゃあ、許してくれるんだね？」クリスチャンは、タンクトップを着た胸にオリヴィアの息がかかるのを感じた。この息は、ある意味で二人をつなぐものだった。クリスチャンが望むような結びつきではないにしろ、それでも彼の体は反応した。

クリスチャンの体から発せられる熱を感じ取ったかのように、オリヴィアは指を引っこめて、ぎこちない笑みを浮かべた。「何を許すというの？」

そんなふうに言えばクリスチャンが解放してくれると思ったのか、オリヴィアは片方の足から反対の足へと重心を移し、不安げにため息をついた。

クリスチャンは、オリヴィアの顎の曲線に唇を這《は》わせたいという衝動を必死に抑え、低い声で言った。「今までのことをすべて水に流して、もう一度やり直さないか？　きみと友だちになりたい。ぼくたちの始まりは最悪だったけれど、改めてきちんと知り合いたいんだ」本音を言えば、彼は友だち以上の関係を望んでいた。

オリヴィアは納得がいかない様子だった。クリスチャンが彼女の信用を得ようと大変な精力を傾けているにもかかわらず、まだ尻ごみしていた。

「今その話はできないの。しなければならないことがあるって言ったでしょう」オリヴィアは胸を隠すように腕組みをして言った。

「たとえば？　ルイスの朝食なら、ヘレンが用意するだろう」クリスチャンは手すりをつかんでいる手に力をこめ、オリヴィアの柔らかな肌をさすりたいという欲望を抑えこんだ。

「だけど、彼が起きだす前に必ず様子を見に行くことにしているのよ」オリヴィアの声にいらだちがまじり始める。

ルイスは幸せな男だと考えながら、クリスチャンはオリヴィアの不安げな顔を見つめた。その頬は、ほのかに赤く染まっていた。

「そうか」クリスチャンは、これ以上オリヴィアをいらだたせるのはまずいと考え、一歩あとずさった。だが彼女の唇がうっすらと開くのを見て、クリスチャンの気持ちは揺れた。彼女は自分の唇がどんなに挑発的か知っているのだろうか？

おそらく知るまい。内心の動揺を表すかのように、Tシャツの胸のいるかが激しく上下していることも、意識していないのだろう。オリヴィアの胸の先端は明らかに硬くとがっていた。

困惑しているせいだろうか？　それとも、ぼくと同じく、彼女も欲望を感じているのだろうか？

クリスチャンには判断がつかなかった。トニーが死んだ晩に二人の間にあった何かを、オリヴィアにも感じてほしい。そう思うばかりだった。

だが、それはぼくのはかない願望だろうか？　あまりに長くルイス以外の男性との接触を断ってきたため、オリヴィアは男性の前では緊張を解けないのかもしれない。

オリヴィアは見るからに引き止めてほしくない様子で、クリスチャンの体を迂回《うかい》してベランダを離れた。「またあとで会いましょう」

クリスチャンはふくらんでいるズボンの前を隠すため、ポケットに手を突っこんだ。

「ぜひそうしたいものだな」

オリヴィアはクリスチャンにうなずいてみせ、足早に家の中へと入っていった。

9

クリスチャンを避けるのは容易なことではなかった。オリヴィアがひとりで住んでいたころには充分に広かった家が、急に狭くなったように思えた。それに彼を避けることはルイスを避けることにもなり、ルイスに変だと思われたくはなかった。

ルイスは楽しそうだった。もちろん、大学で友だちと過ごすほうが楽しいはずだが、今の状況もそれなりに楽しんでいるようだ。

クリスチャンは献身的にルイスの面倒を見た。ルイスに松葉杖《づえ》を使って歩くよう励まし、ときには海岸に連れていくこともあった。暑くて外に出る気になれないときは二人でチェスをした。

続く数日間はあっという間に過ぎていった。クリスチャンがルイスの相手をしてくれるので、オリヴィアは絵本の作成に集中でき、子パンダの冒険の一作目がほぼ完成した。病院に電話をかけて、診察の日時を変更しなければならなかったが、安い代価だと前向きに考えた。ルイスが幸せでさえあればいい。クリスチャンのせいで眠れない夜があっても、オリヴィア自身の気持ちも楽になってきた。それでもやはり、妊娠したことをクリスチャンには言わずにおくという決意は変わらなかった。

とはいえ、心が揺らぐこともあった。クリスチャンの機嫌がいいときなどはつい、もし妊娠を告げたら彼はどうするだろうと考えた。だがそんなとき、オリヴィアは必ず、トニーとの結婚生活を忘れてはだめよと自分に言い聞かせた。もうあんな暮らしはこりごりだった。たとえそれが、我が子に父親を与えるためであっても。

食事の時間がいちばん厄介だった。朝食はスザンナと一緒に、キッチンでトーストとコーヒーだけの朝食をとればよかった。しかし昼食と夕食は、そうはいかない。たいていヘレンが同席し、社交的な場になる。クリスチャンが同席していると、オリヴィアは食事を楽しめなかった。

クリスチャンがいやなことを言うわけではない。彼がずっとオリヴィアに注目しているわけでもない。ヘレンとばかり話していて、オリヴィアが不愉快になることさえあった。嫉妬《しっと》ではないと、オリヴィアは自分に言い聞かせた。無視されることを嫌うのは女性の自然な感情のはずだ。

クリスチャンが現れて、ヘレンは変わった。夕食の席では、制服からカジュアルな服装に着替えるようになった。細身で栗《くり》色の巻き毛をしたヘレンは、魅力的な女性だった。オリヴィアはヘレンのせいで、自分が太った中年女性のように感じ、クリスチャンもその差を感じているに違いないと思った。そんなことが気になるという事実が、オリヴィアを落ち着かなくさせた。

ヘレンにはもうひとりファンがいた。それまでもヘレンに好意を寄せていた理学療法士のジュールズだ。彼は町のバーベキュー・パーティに彼女を誘った。クリスチャンをライバル視し始め、ついに行動を起こしたのだ。ヘレンはこれを受け入れた。

バーベキュー・パーティの夜は、暑くて湿度が高かった。日中に吹いていたかすかな風さえ、日暮れにはやんでしまった。バーベキューをするにはうってつけだったが、寝苦しい夜になりそうだった。

寝室はひどく蒸し暑く、オリヴィアはすぐさまベッドに入る気になれず、しばらく散歩をすることにした。

サンダルを脱ぎ、ベランダに出たオリヴィアは、家の裏手にある石段に向かった。クリスチャンとルイスが正面のテラスでバックギャモンをしていたので、邪魔をしたくなかったし、一緒に行くと言われるのも迷惑だった。クリスチャンと二人きりになるのは危険だ。オリヴィアは足音を忍ばせて、草地を歩いていった。さまざまな花の香りが官能的な雰囲気をかもしだしている。

彼女は木蓮《もくれん》の茂みの傍らで足を止めた。宵闇《よいやみ》の中で淡いクリーム色の花がほのかに光っている。花弁は冷たくつるつるしていて、傷ひとつない。まるで人工物のようだった。

家をまわるようにして歩いていくと、男たちの声が聞こえてきた。何を言っているのかわからないが、ゲームを楽しんでいるらしい。バックギャモンは、クリスチャンがピンク色のジープで町に行ったときに買ってきたものだ。自分に不似合いな車を運転することに、彼はまったく抵抗を感じていないらしい。

オリヴィアは海岸に出て、湿った砂の上を歩きだした。波が誘いかけるように爪先を濡《ぬ》らす。クリスチャンをまねて、生まれたままの姿で泳ぎたい。でも今の体では、とうてい望めない。

海岸に沿って歩いていき、ときおり足を止めては、月明かりにきらめく貝殻を眺めた。ひとりでも怖くはなかった。サン・ジメノは安全な島だ。犯罪はほとんどない。

そのせいか、ふと振り返った拍子に黒い人影が目についたとき、オリヴィアは飛びあがらんばかりに驚いた。あいにく月は雲に隠れ、人影の正体は判別できなかった。

「あの……クリスチャンかしら?」オリヴィアは思いきって声をかけた。それが誰であれ、人を待っているところだと思わせたかった。

「ああ、ぼくだ。ひとりでこんなところに来るなんて、何を考えてるんだ?」

クリスチャンの声を聞いて、オリヴィアは安堵《あんど》と同時に怒りを感じた。こんなに人を驚かせておいて、よくもそんなふうに言えたものね。心の中で悪態をつきながらも、彼女の心臓は早鐘のように鳴っていた。なんの権利があって、わたしの行動に口を出すの? オリヴィアが海岸へ散歩に来るのは、これが初めてではない。

夜に来るのは初めてよ、と心の中で小さな声がした。それに誰にも言わずに出てきたのは、確かに向こう見ずだったかもしれない。彼が勝手についてきたことを責めても仕方ないと考え、オリヴィアはクリスチャンに向かって言った。「そろそろ帰ろうと思っていたところよ」

クリスチャンは険しい表情を浮かべたまま、オリヴィアに歩み寄った。月が雲から顔を出し、海岸をうっすらと照らしだす。「日が落ちてからひとりで出歩くのは控えたほうがいい。ぼくが同行するのはお気に召さないだろうが、襲われる危険を冒すよりはましだろう」

クリスチャンがオリヴィアのすぐそばに立つと、彼女は気持ちを落ち着かせようと、深く息を吸った。「大げさね。いずれにしても、どうしてわたしがここにいるとわかったの？　ルイスとゲームをしていたんでしょう」

「ゲームは終わったんだ。きみがここにいるとは知らなかったよ。ここできみを見つけるまでね」

「そう。心配してくれてありがとう。でもその必要はないわ。浜辺にいるのはわたしたち二人だけでしょう」クリスチャンが自分をつけてきたわけではないと知り、オリヴィアはほっとした。

クリスチャンはあたりを見まわした。彼もまた、ていねいな言動を心がけているようだった。「みんな、バーベキュー・パーティに行ってしまったようだな。家まで送ろうか?」

「けっこうよ。それより、ルイスにたくさんつき合ってくれてありがとう。トニーはあまりルイスのそばにいなかったから、年上の男性と一緒にいられるのはあの子にとっていい経験になるわ」

「きみも同じかもしれないと思ったんだけどね。トニーは、きみともあまり一緒にいなかっただろう」クリスチャンはさりげない口調で言った。

彼の言葉に、オリヴィアは頬が熱くなるのを感じた。「ただし、あなたはわたしより年上じゃないわ。心遣いはありがたいけれど、わたしはひとりが苦にならないの。慣れているし……それに正直言って、あなたは好みのタイプじゃないわ」家に向かって歩きだす。

クリスチャンはオリヴィアのあとを追いかけて尋ねた。「じゃあ、どういう男がタイプなんだ? そんな判断を下せるほど、きみはぼくのことを知っているのか?」

「あなたはトニーと同じでしょう。仕事第一で、女性は二の次」オリヴィアは率直に答えた。

「そんなことはない」

「そうかしら? トニーのひと言であなたはすぐに動いた。どんな女性と一緒にいたとしてもね」オリヴィアはちらりとクリスチャンのほうを振り向き、彼の顔が怒りにゆがんでいるのを見て驚いた。

「それはぼくの性格というより、相手の女性に理由があるとは思わなかったのか？　念のため言っておくが、ぼくは結婚していない。その点がトニーとは違う。そこは認めてくれ」

オリヴィアは肩をすくめた。「最近は、結婚などあまり重要ではないでしょう」

「ぼくにとっては重要だ。とても重みのあるものだと思っている。ぼくだったら、きみみたいに、つまりトニーのような人間とは結婚したりしない」

オリヴィアは足を止めて、クリスチャンを見すえた。口の中がからからに乾き、足が震えた。「なんですって？　わたしがお金目当てでトニーと結婚したとでも……」

「そうは言ってない」

「言ったも同然よ」

オリヴィアは両腕で自分のおなかをかかえた。子どもが動くのを感じ、不安がつのる。

「信じないかもしれないけれど、わたしはトニーを愛していたから結婚したのよ。本当の家庭をつくりたかった。残念ながら、彼のほうにはその気がなかったの。ばかだったわ。ルイスが生まれた直後にトニーが避妊手術を受けていたことを、わたしは知らなかったのよ」

クリスチャンは息をのんだ。「嘘《うそ》だ」

「本当よ。彼が結婚したのは、ルイスに母親を与えるためだったの。それだけがトニーの目的だったのよ」オリヴィアはクリスチャンに背を向け、また歩きだした。

「なんてことだ、オリヴィア……」

ショックを受けているようなクリスチャンの声を聞いて、オリヴィアはほっとした。わたしの言葉を信じてくれたようね。この期に及んで疑われるようなら、もう救いはない。でも、いかにむなしい結婚生活だったかをわかってもらったところで、なんになるの？

「そんな事情があったとは思いもしなかったよ」クリスチャンは言い、オリヴィアのあとを追った。

彼女に立ち止まるつもりがないと見て取るや、クリスチャンは彼女の腰に腕をまわして引き止めた。その手がオリヴィアのおなかのふくらみに触れた瞬間、彼は無視しようのない震えを指先に感じた。

「オリヴィア！」

オリヴィアはクリスチャンの腕から逃れた。彼は驚きのあまり、オリヴィアの動きを止められなかった。もはや、彼女の秘密は明るみに出たも同然だった。クリスチャンの表情から、彼が事実を察したのは明らかだ。オリヴィアが背を向ける前に、クリスチャンはすばやく彼女の手首をつかんだ。

「オリヴィア、きみは妊娠してるんだね」クリスチャンは驚きに満ちた声で言った。

オリヴィアはなす術《すべ》もなくクリスチャンを見返した。否定する言葉がいくつも頭の中を去来する。だが彼女が言うより早く、クリスチャンが再び口を開いた。

「いつぼくに話すつもりだったんだ？」一転して冷たい声だった。

オリヴィアは背筋を伸ばして答えた。「なぜあなたに言わなければいけないの？　あなたは夫でもないのに」

「でも子どもの父親だ。ぼくに知らせないつもりだったのか？」クリスチャンは険しい表情で言い返した。

オリヴィアの虚勢が揺らいだ。トニーの子どもだと言っても意味がない。自分を弁護するために、つい今しがた、その可能性を自ら消してしまったばかりなのだから。「子どもの世話はわたしひとりでできるわ。だから、お願い……もう帰らせて」

「きちんと説明してくれなければだめだ」

クリスチャンは怒りを抑えようと努力しているようだったが、成功しているとは言いがたかった。オリヴィアの手首をつかんでいる手にこめられた力が彼の気持ちを物語っていた。

「妊娠がわかってショックだったに違いない。ぼくだってショックだ。でもだからといって、事実を報告しなくてもいいということにはならない」

オリヴィアはあえいだ。「事実を報告するですって？　まるで仕事みたいな言い方をするのね」

「ああ、きみも指摘したとおり、ぼくは私生活より、仕事のうえでのいかさまのほうが扱い慣れているんでね」

オリヴィアは息をのんだ。「いかさまだなんて！」

「違うか？」彼は目に憎しみを宿らせて問いただした。「だからきみはマイアミを離れて、しばらくひとりで過ごす計画を立てたんだな。それからどうするつもりだったんだ、オリヴィア？　子どもを産んで、養子にでも出そうと思っていたのか？」

「まさか！　そんなことはしないわ」

「どうしてだ？　きみにとって、子どもは不都合なんだろう？」

オリヴィアはクリスチャンを見つめた。「どうしてそんなことを言うの？」

「そうでなければ、サン・ジメノ島に隠れ住んだりはしない。誰にも知られないようにしたのは、自分で育てる気がないからだろう。ひょっとして中絶も考えたのか？」オリヴィアの手首がさらにきつく締めつけられる。

「いいえ！　どうしてそんなことが言えるの？」オリヴィアは考えただけで気分が悪くなった。

「だったらなぜ逃げた？」

「ただ……誰にも知られずに子どもを産みたかったの。それだけよ」

「どうしてだ？」

「どうしてって？」

「なぜ、誰にも話さずに子どもを産むのが、そんなに大事だったんだ？」

その問いに、オリヴィアはたじろいだ。クリスチャンに真実を告げずに、この問いに答える方法はあるだろうか？

「トニーが死んだばかりでしょう。もし突然わたしが妊娠していると発表したら、世間はどう思うかしら？」

クリスチャンは肩をすくめた。「みんなはトニーの子どもだと思うだろう」

オリヴィアは首を横に振った。「たぶんね」

「なぜ〝たぶん〟なんだ？　トニーが男性避妊手術を受けたことは、誰も知らないんだろう？」クリスチャンは眉を上げ、無言のうちに、オリヴィアにさらなる説明を促した。

オリヴィアはため息をついた。「ルイスに知られたくなかったのよ。今、彼は大変な時期だから」

「ルイスだって！　本当はぼくに知られたくなかったんじゃないか？　それとも父親がぼくだということを、ぼくが信じないとでも思ったのか？」

「いいえ」

「だったら、なぜ？」

これ以上あらがうのは無駄だと観念し、オリヴィアは正直に言うことにした。「そうよ、あなたに妊娠を知られたくなかった。間違いだったんだもの。起こってはいけないことだった。責任はわたしにあるわ。これで満足した？」

気まずい静寂が支配し、火花が散りそうな緊迫感が漂った。

だが、クリスチャンは意外な反応を示した。オリヴィアを責めたりせず、握りしめた彼女の手首を見下ろした。白い肌に茶色い肌がこすれて、赤くなっている。クリスチャンは指の力をほんの少しゆるめ、オリヴィアの腕の内側の血管をなぞるように愛撫《あいぶ》した。

オリヴィアは困惑した。彼の親指が感じやすい肌を刺激し、熱くさせる。クリスチャンはかすかに口もとをゆがめ、その手首を口もとに持ちあげた。そして舌を使ってオリヴィアの脈を探る。彼女はその場に立っているのが精いっぱいだった。

やがてクリスチャンが顔を上げてオリヴィアを見つめた。「満足したかだって？　本気できいてるのか？」

オリヴィアははっと我に返った。「わたしの気持ちはわかったでしょう。わたしはこの子を産みたい。でも……あなたには何も望んでいないわ。あなたにはあなたの生活があって、あなたの友人や仕事がある。子どものために時間をとられて、生活を乱されたりするのはいやでしょう。心配してくれるのはありがたいと思うわ。それに、別の状況なら……」

「つまり……たとえば、あなたとわたしがつき合っていたら、話は違ってくるでしょう。しばらく関係を持ったうえで、妊娠したというのなら。それで別れたとしても……」

「別の状況？」

「もういい！　きみには永遠に理解してもらえないんじゃないかと思うことがあるよ。ぼくはその子の父親だ。知らせてもらうのが当然だろう。子どもをつくるには二人の人間が必要なんだよ、オリヴィア。きみはそれを忘れているようだ」

「何ひとつ忘れてないわ。あなたにはわからないのよ」

「ああ、わからないね。どうしてぼくが子どものことを知ったうえで平気で関係を切り、すっかり忘れてしまうと思うのか、まったく理解できない。ぼくをなんだと思ってるんだ？　怪物か？」クリスチャンはユーモアのかけらも感じられない笑い声をあげた。

「怪物だなんて思ってないわ」オリヴィアは慌てて言った。

「だったらなぜ……」

「これはわたしの問題なの。さっきも言ったとおり、わたしはこの子を産みたい。心から産みたいと思ってるわ。でももう、男性の人生の一部になるのはいやなの」

クリスチャンが息をのむ音がした。オリヴィアは辛辣《しんらつ》な言葉を言い返されるものと思って身構えた。しかし、クリスチャンの返事はそっけなかった。

「トニーのせいだな」

「ええ」

「トニーとのような結婚は、もう二度としたくないというんだな」

結婚？　オリヴィアはわけがわからず、ただ答えた。「そうよ」

クリスチャンは首の後ろを撫《な》でつつ言った。「そうか。でも世の男が全員トニーと同じというわけじゃない。結婚の誓いを誠実に守ろうとする男だっているんだよ」

オリヴィアはクリスチャンから目をそらし、肩をすくめた。こんな話に乗るつもりはなかった。クリスチャンが何を言おうとしているのか読めなかったが、自分と子どものためにクリスチャンに自己犠牲を強いるなど、論外だった。

しばらく沈黙が続き、オリヴィアがそろそろ家に戻ろうと言おうとしたとき、クリスチャンが低い声で尋ねた。「ルイスは知らないんだね？」

オリヴィアはため息をついた。「ええ、知らないわ」

クリスチャンは手で髪の毛をくしゃくしゃにしながら言った。「それはいい。そのほうが事を運びやすい」

「何を言ってるの？」オリヴィアはきき返しながら、クリスチャンがこんなにも魅力的でなければいいのにと思っていた。彼のしぐさのひとつひとつが、オリヴィアの関心を引くように仕組まれている気がした。髪の毛が変な角度に立っている今でさえ、クリスチャンは男らしい魅力に満ちていた。

「ぼくたちの話をしてるんだよ、オリヴィア」クリスチャンの口調がやわらいだ。「きみは妊娠していて、ルイスはきみとぼくが互いを嫌っていると思っている」

オリヴィアは震える息を吐いた。「だから？」

「だから、ぼくたちが婚約を発表しても、なんの疑いも持たないだろう」

「え？」オリヴィアは震えあがった。

クリスチャンは彼女の反応をまったく無視した。「婚約って言ったんだよ」

「とんでもないわ！」オリヴィアは愕然《がくぜん》として言った。「結婚なんて、た、たとえ……」

「たとえ地球上にいる男がぼくひとりになったとしても、ぼくとの結婚は考えられないか？　あえて言い返さないことにするよ、オリヴィア。でも、きみはぼくと結婚し、子どもにぼくの名前を与える。ぼくにはそうする権利がある」

「権利ですって？　わたしがあなたの申し出をのむとは限らないでしょう」

「かもしれない。でもぼくの家は名誉を重んじる。責任をないがしろにはしない」

「だから、あなたの責任じゃないって、何度も言ってるでしょう」

「ぼくはそうは思わない」

オリヴィアは途方にくれて頭を振った。「結婚を無理強いすることはできないでしょう。わたしにそのつもりはないわ」

クリスチャンはため息をついた。「なぜだい？　きみはぼくのことを憎んではいないと言った。子どものためと思っても、一緒に住むのさえ我慢できないほどいやなのか？」

オリヴィアはうめき声をもらした。「なんだかわたしのほうが悪者みたいに思えてきたわ」

「どうしても、ぼくの思いやりをはねつけて、ひとりで子どもを育てたいというのか？」

オリヴィアはかぶりを振った。「あなたはわたしを思いやっているわけじゃないわ」

「どうしてわかる？」

「わかるのよ。クリスチャン、お願い、わたしのやり方でやらせて」

「どうしても心配だと言ったら？　こんなに気にかけているのに」クリスチャンは手を伸ばし、オリヴィアの顎に触れた。

「やめて！」

オリヴィアの胸は騒いだ。もちろん、彼がなぜそんなふうに言い張るのか、理由は承知していた。強く言っても説得できないと判断して、今度は甘い言葉で釣ろうとしているのだ。

「自分の思いどおりにするために嘘《うそ》をつくのは、感心しないわ」

クリスチャンは感情を害したようだった。「それこそ、自分がしていたことじゃないか？　いずれにしても、きみは間違っている。どうしてぼくがここに来たと思う？　きみと、もっと互いのことを知り合いたかったからだ。トニーが死んだ晩の出来事の意味を、きみに理解してほしかったからだ」

「嘘よ」

「嘘じゃない。ぼくたちはきっと幸せになれる」クリスチャンはオリヴィアの首筋から胸へ続く官能的な曲線を指先でなぞった。親指が胸の先をかすめ、彼女がはっと身を引く。

「やめて。あなたが言ってるのはわたしたちのことじゃない、あなたひとりのことよ」

「そうかな?」

「そうよ。そんな関係をわたしが受け入れると、本気で思ってるの? トニーそっくりだわ! まさしく彼が言ったことよ。〝ぼくたちは幸せになれる〟あげくに、ぼくたち、つまりトニーとルイスとわたしの三人がどうなったか、見てごらんなさい!」

「ぼくはトニーじゃない」

「そうね。だけどそっくりよ。何がなんでも自分の権利を主張する。わたしがあなたの子どもを身ごもっているから、わたしに対して強い権利があると思いこんでいる。それは違うわ。わたしは誰の助けもいらない」

「オリヴィア……」

オリヴィアは手を上げて、クリスチャンを黙らせた。「何も言わないで。もうたくさん。わたしが子どもに名前を与えるためだけに結婚を承諾すると思うなら、見当違いもはなはだしいわ。わたしは妻に経済的な不自由をさせなければ誰と何をしてもいいという男と、すでに一度結婚しているのよ。その過ちをわたしがまた繰り返すと思うようなら、あなたはおかしいわ」

クリスチャンは険しい表情を浮かべ、かすれ声で言った。「ぼくはトニーとは違う。愛を告げる女性に対して、ぼくがどうすると思う?」

愛?

一瞬、オリヴィアはその意味を探りたいと思ったが、疑惑と良識が勝り、話を先へと続けた。「どうするかなんて知らないわ。知りたいとも思わない。いずれにしてもわたしを心配してくれているのなら、ここから立ち去って、わたしに静かな暮らしを送らせてちょうだい」

「ルイスはどうする?」

オリヴィアの気持ちは沈んだ。確かにいつかはルイスに話さなければならない。

「折を見て話すわ。お願い、クリスチャン、わたしのやり方でやらせて」オリヴィアはそれ以上クリスチャンの顔を見ていられず、急いで背を向けた。

10

六週間後、ルイスはカリフォルニアに戻った。

戻る前の二週間は、ルイスはどうにも落ち着かず、とうとう担当医も大学に戻ることを許可した。もちろん全快というわけではなく、歩くには杖《つえ》の支えが必要だった。だがとにかく早く元の生活に戻りたいと言って聞かず、オリヴィアとクリスチャンも希望どおりにさせることにした。

いろいろなことがあったが、オリヴィアはルイスがいなくなるのを寂しく思った。ルイスが元気になったのはうれしい。それに妊娠を隠す気遣いもいらなくなる。しかし、彼女はルイスがそばにいる暮らしに慣れてしまっていた。気持ちが落ちこんだときなど、知らず知らずのうちにルイスを頼りにするようになっていた。

加えて、ルイスがいる間は、クリスチャンが島に来る可能性もあった。ときおり、自分の態度を悔やみ、彼の申し出を拒否したのは軽率ではなかったかと思い悩むことがあった。クリスチャンのことが気にかかるのは否定のしようがなかった。

クリスチャンはオリヴィアの希望を尊重し、妊娠の件はルイスに話さなかった。オリヴィアは充分にころ合いを見計らってルイスに話したいと考えていた。ルイスが何か感づいたらすぐに話すつもりだったが、ルイスは自分のけがのことで頭がいっぱいだった。今の時点では、少なくとも子どもが生まれるまでは話さなくていい、と彼女は思っていた。

クリスチャンを頼りにしてはいけない、弱みを見せてはいけない。オリヴィアはしょっちゅう自分にそう言い聞かせた。トニーとの暮らしを思い出し、あんなみじめな結婚生活を繰り返すような危険は冒せないと考えた。

だが、自分ひとりで子どもを育てられると思う一方で、迷いもあった。子どもに対するクリスチャンの権利を否定するのは、果たして正しいことなのだろうか？　いったいいつまで、子どもの父親を秘密にしておけるだろう？

スザンナには打ち明けざるをえなかった。スザンナはすでにオリヴィアの妊娠に気づいており、絶対に秘密を守ると約束した。

ルイスがサンフランシスコに帰ったあとで、スザンナは言った。〝家族がいるのはいいものですよ。わたしは娘にも、学問をするよりも家庭を持ってもらいたかったんです〟

スザンナは未亡人で、ひとり娘はシカゴの大学で歴史学の教授をしていた。もちろん彼女は娘を誇りに思っていたが、一方で、家族がそばにいないのは寂しいと打ち明けた。そんなスザンナに生まれてくる我が子の世話を手伝ってもらえれば、とオリヴィアは願っていた。

ルイスが出ていった直後、オリヴィアは絵本の原稿を完成させた。予備室にあるプリンタで原稿を印刷し、満足げにその束を眺めた。とうとう一作目が完成したのだ。あとは子パンダの冒険が、どこかの編集者の心の琴線に触れるのを待つばかりだった。

水彩絵の具で描《か》いた挿絵はうまくコピーできなかったため、思いきって原稿と一緒に原画を送ることにした。

ところが、原稿を送った二週間後、絵本のことなど忘れてしまうような出来事が起こった。胎児が骨盤位、いわゆる逆子になっていると医師に宣告されたのだ。

医師は出産までに胎児の向きが変わる可能性もあると言ったが、もし変わらなければ、帝王切開をせざるをえなくなる。オリヴィアはあまり心配するまいと思うものの、やはり不安だった。

そのほかにも、秘密裏に出産することの不都合はいろいろとあった。呼吸法の練習を手伝ってくれる者はいなかったし、見るからに仲のよさそうな夫婦にまじってひとりきりで産婦教室に参加するのは気まずかった。そして今や、サン・ジメノ島の小さな病院で帝王切開をする可能性が生じ、オリヴィアの自信は大きく揺らいだ。

だからといって、クリスチャンに相談するわけにはいかない。彼が示してくれた気遣いを拒否してしまった以上、オリヴィアは自分ひとりの力で切り抜けなければならなかった。

出産予定日まで五週間ほどとなったある日、クリスチャンから電話があった。電話が鳴ったとき、オリヴィアはてっきりルイスからだと思った。ルイスはバークリーに戻って以来、毎週電話をよこし、元気でやっていると近況を報告してくれていたのだ。だが聞こえてきたのはクリスチャンの声だった。オリヴィアは驚いた。

「オリヴィアか？」

「ほかに誰もいないわよ」オリヴィアは答えた。脚が震え、うれしいのか悲しいのかわからなかった。彼の声をずっと聞きたかったのだから、うれしいことはうれしい。しかし、彼の声は望んでも手に入れられぬものを思い出させるから、悲しくもあった。

「体調はどうだい？」

思いやりに満ちた口調で尋ねられ、オリヴィアは目頭が熱くなった。「大丈夫よ。ちょっと疲れ気味だけれど、この段階では自然なことなの」オリヴィアは答えた。逆子のことは話すまいと決めた。

「動きすぎじゃないのか？」

「どうすれば動きすぎになるというの？　ルイスは何週間も前に大学に戻ったから、用事なんてほとんどないのに」

「それはそうだろうが」

「最近ルイスと話をした？」もちろん話したとわかっている。ルイスは定期的にクリスチヤンに近況を報告することになっていた。

　だがオリヴィアの声にほかの何かを感じ取ったのか、クリスチャンはそっけなく言った。

「心配なら言うが、彼には秘密をもらしてないよ」

「よかったわ」

　オリヴィアは自分の言葉が本気かどうかわからなかった。妊娠のことを知っている人物と話をすると、心が休まった。

「とにかく、絵本をつくったりするのに根を詰めすぎないようにするんだよ。集中すると疲れるだろう」

「今は絵本の制作は中断しているの。ルイスがカリフォルニアに戻ってすぐに、原稿ができあがって、出版社に送ったわ」前向きな話題になってオリヴィアはうれしかった。

「返事はあったのか？」

　オリヴィアはわざと楽観的に答えた。「まだよ。でも希望はあると思ってるの。それで……あなたのほうはどうなの？　ジュリーは元気？　まだあなたに夢中なんでしょうね」

「ジュリーとはもう何カ月も会っていない。サン・ジメノ島へ行く前に別れたんだ」

「そうだったの」

「それがどうかしたか？」

「別に。じゃあ、今は誰と会っているの？　わたしの知ってる人かしら？」

「やめてくれ、オリヴィア。ぼくはトニーみたいに、恋人がいなくては我慢できないというわけじゃない」クリスチャンは不機嫌に言った。

オリヴィアはびくっとした。「ごめんなさい」

「いや、いいんだ。もしぼくのサン・ジメノ行きとジュリーと別れたことを結びつけて考えているのなら、そのとおりだ。きみに会いたかったから、ジュリーと別れたんだ」

オリヴィアの胸がどきんと跳ねた。「そうとは思えないわ。そんなふうに言ってもらってうれしいけれど」

「どうしてぼくの言うことを額面どおりに受け取ってくれないんだ？　オリヴィア、ぼくの何がいけない？」

「いけないことなんか何もないわ。あなたのことは好きよ、クリスチャン。でもわたしたちは……うまくいかないわ」

「ぼくの体の中にトニーと同じロドリゲス一族の血が流れているからか？」クリスチャンは問いつめた。

「そうじゃなくて、わたしたちは不釣り合いなのよ。わたしのほうが年上だし……」

クリスチャンは鼻を鳴らした。「ああ、いつその話を持ちだすかと思っていたよ」

「だってそうでしょう。否定できないわ。それにあなたが結婚しようと言ったのは、子どものためでしょう。子どものために犠牲を払うというのはすばらしいけれど、その事実は結婚生活にきっと暗い影を落とすわ」

「ぼくを信じない理由を徹底的に探してるみたいだな。確かにプロポーズは早まったことだったかもしれない。でもぼくは本気だった」

「わかってるわ。わたしだって、正直に話しているのよ」

「きみの弱みにつけこんだことを許してもらおうとは思わない。トニーが死んだ晩にきみと愛を交わした結果、ぼくもまたトニーとさして変わらない男だと証明してしまったんだね」

　オリヴィアが返事をする前に、クリスチャンは電話を切った。オリヴィアは自分の気持ちを説明したかった。クリスチャンを責めてはいない。あの出来事について責めるべきは自分自身だった。あのときの激しい欲望に二人が屈しなかったら今ごろどうなっていたかなどと考えても、あとの祭りだった。


　未明に電話が鳴り響いた。ここ何週間かよく眠れず、ウイスキーをボトルの半分ほど飲んで意識を失ったところへ、クリスチャンはたたき起こされた。悪態をつきながら、おぼつかない手で受話器を取る。

「もしもし」かすれ声で言ったが、電話は切れてしまい、クリスチャンはもう一度悪態をついた。

彼は受話器を戻し、頭を枕《まくら》に沈めて腕を額にのせた。まったくいい迷惑だ。無言電話。真夜中に見知らぬ他人に電話をかけてくるなんて、何を考えているのだろう？

二度寝はできそうになく、三十分後、クリスチャンは明かりをつけて窓辺に行き、外をのぞいた。庭には人影がなかった。常駐しているはずの警備員も休憩しているらしい。

クリスチャンは無意識のうちに、サン・ジメノ島はどんな陽気だろうと考えていた。おそらくとても暑いに違いない。妊婦は体力を消耗するだろう。オリヴィアのために何かしてあげたいのに、彼女はぼくに何ひとつ望んでいない。

二日前に電話をかけるまでは、ルイスからさりげなくオリヴィアの様子を聞きだしていた。ルイスは具体的なことを知っているわけではなかったが、何かあればわかるはずだ。

クリスチャンは再び今の電話が誰からだったのか気になり、電話機のほうを見やった。ルイスに何かあったのかもしれない。あるいはドロレス・サミュエルズだろうか。転勤を無理強いされて、ドロレスは怒っていた。だがクリスチャンは、四六時中オリヴィアの悪口を言っているドロレスにいやけが差したのだ。いずれは本当のことを言ってしまったはずだ、とクリスチャンは思う。

本当のこと？　ぼくがオリヴィアに恋をしていることか？　それとも、ぼくの子を身ごもっているオリヴィアのそばにいられないので、ぼくの頭が変になりそうだということか？　この二つがどちらも真実であることを、どうすればオリヴィアに信じてもらえるのか、と彼は思った。クリスチャンが心から気にかけている女性は、彼のことを亡き夫トニーの同類だとしか見ていない。クリスチャンが過去にトニーのようになりたいと思っていたのを考えれば、なんとも皮肉な話だった。

クリスチャンは肩を落とした。今オリヴィアの気持ちを変えようとしても無理だ。オリヴィアは誰の援助も受けずに子どもを産むと決めており、これ以上口を出して彼女に精神的負担をかけたくない。子どもが生まれたら、オリヴィアも話を聞く気になってくれるかもしれない。

オリヴィアが原稿を送った出版社を調べてみようかとも思った。けれども、彼が口出しするのをオリヴィアは喜ばないだろう。今の状況を甘受しなければならない。少なくとも、子どもが生まれるまでは。

そんなことをあれこれ考えながら、クリスチャンはようやく二度目の眠りについた。だが六時には起きてシャワーを浴び、頭を普段の状態に戻そうとした。このところ、オリヴィアのことを考えすぎている。また島を訪れたら、彼女はなんと言うだろうか、と。

ルイスが八時半に電話をよこしたとき、クリスチャンはすでに〈モーラ・コーポレーション〉のオフィスにいて、何杯目かわからないコーヒーを飲みながら、現在の経済状況に関する統計資料を検討していた。世界の半分の国が景気後退に悩む昨今、〈モーラ・コーポレーション〉はつねに前もって状況を把握していなければならなかった。

すぐ横に置いてある電話が鳴り、クリスチャンは受話器に手を伸ばした。「ロドリゲスだ」地球の反対側からの電話だと思ったところ、地球ではなくアメリカの反対側からだった。クリスチャンは腕時計で時刻を確認し、未明に感じたのと同じ不安を覚えた。

「ルイスか？　いったい、いつからこんな早起きになったんだ？」

「義母《かあ》さんが入院したっていう知らせが来たんだ。ねえ、クリスチャン、あなたは義母さんが妊娠していることを知っていたの？」ルイスは慌て気味の声でまくしたてた。

クリスチャンは胃が締めつけられ、けさ飲んだ何杯ものコーヒーの苦みが喉にせりあがってくるような気がした。「ぼくは……きみはどうして知ったんだ？」ルイスになんと答えるべきか、わからなかった。考えれば、病院からルイスに連絡がいくのは当然だ。いちばんの近親者はルイスなのだから。

ルイスはクリスチャンの歯切れの悪い答えを気にする様子はなかった。「電話があったんだ。ゆうべずっと連絡をとろうとしていたらしい。だけどぼくは……自分の部屋にいなかったから……。ああ、話してくれればよかったのに。そうしたらそばにいた。絶対そばにいてあげた」ルイスは声を詰まらせた。

クリスチャンの耳に、すすり泣きに近いような音が聞こえた。彼はまだ事実をのみこめずにいた。ルイスに電話をしたのは、さっきぼくに電話をかけてきた人物と同一だろうか？

「お義母さんは大丈夫なのか？　病院にいるって言ったね。子どもが生まれたのか？　まだ予定日には何週間かあるはずだが」クリスチャンの頭はようやく回転し始めた。

ルイスは洟《はな》をすすった。「たぶんね」あいまいに答える。

オリヴィアの医者と話したはずなのに、なぜはっきりしないんだ？　クリスチャンはいらだったが、ここでルイスを責めるわけにもいかなかった。

オリヴィアの身に何か問題が起きたのかもしれないと思うと、クリスチャンは胸が締めつけられた。彼女のそばにいるべきだった。オリヴィアのほうも、もっとぼくを頼ってくれたら……。

「ルイス！」

ルイスが答えないので、クリスチャンはいらだちを抑えきれなくなった。ルイスがぐずぐずすればするほど、クリスチャンの不安は増した。彼は必死に頭を巡らした。たしか予定日は来月だったはずだ。これは普通のことなのだろうか？　生物の授業をもっとまじめに聞くんだった、と彼は悔やんだ。

「話してくれればよかったのに。妊娠してるとわかっていたら、あんな面倒はかけなかった」ルイスはつぶやいた。

クリスチャンは、ルイスがショック状態にあることに、ようやく気づいた。「今となっては、どうでもいいことだよ、ルイス。それよりゆうべのことを話してくれ。お義母さんは大丈夫なのか?」

「たぶんね。マーヴィンのパーティには行くつもりじゃなかったんだ。だけど仲間がみんな行くって言うから……」

「ルイス、ゆうべきみがどこに行っていたかはどうでもいい。誰から電話があったんだ? いつだ? なんと言ってきたんだ?」クリスチャンの我慢はもはや限界に達していた。

「医者が電話をしてきた。時間はわからない。たぶん真夜中だったと思う。それからたった今、帰ってきてすぐにもう一度電話があった」

「それで……子どもは生まれたのか? だから医者が電話をよこしたのか?」クリスチャンは冷静になろうと、てのひらに爪を食いこませた。

「あなたは知ってたんだね? だからそんなに落ち着いていられるんだ。どうして義母さんはあなたに話して、ぼくには話してくれなかったんだろう?」

クリスチャンは目をつぶった。誰が落ち着いているというんだ? 「そんなことが問題か? とにかく医者はなんと言ったんだ?」彼はなおも尋ねた。

ルイスはクリスチャンを無視して続けた。「そうか、あなたの子どもなんだね? 驚いたな、いつから義母さんとつき合っていたんだい? 父さんが生きていたころからなの?」

「違う! きみが言うみたいに……つき合ってなどいないよ。たった一回、愛を交わした。

一回きりだ。これがその結果だ」

ルイスはすねた声で言った。「どうしてそんなことが信じられる？ ぼくがきみに嘘《うそ》をついたことはないだろう。それにこんな状況で、嘘なんかついたりしないさ」

ルイスは鼻を鳴らした。「話してくれてもよかったのに。ぼくは息子だよ。どうして隠したりしたんだい？」

「オリヴィアは誰にも知られたくなかったんだ。ぼくはたまたま気づいてしまった。こういうことについて、きみよりも経験があるからね」

「まさか……サン・ジメノ島にいたときに義母さんのベッドに入ったりしなかっただろうね？」

「もちろんさ。さっき話したとおりだ」クリスチャンはきっぱりと答えた。

「だからあなたと義母さんは気まずそうにしてたのか。義母さんは後悔していたんだね。あなたは？」

クリスチャンはいらだちのあまり、叫びたい気分だった。「後悔などしていない。ルイス、この話はあとにしないか？　それよりゆうべお義母さんに何があったんだ？」

「義母さんはあなたに話してほしいかな？」

「ルイス！」

ようやくクリスチャンの怒りが伝わり、ルイスはしぶしぶ話した。「赤ん坊については、かわいそうなことをしたってさ。医者は早産だって言っていた。帝王切開をする予定だったのに、義母さんは陣痛を起こして、可能な方法で赤ん坊を取りだすしかなかったんだって」

クリスチャンはうめき声をもらした。「オリヴィアは、お義母さんは大丈夫なのか?」

「さっきも言ったけど、たぶん大丈夫だって。でも出血がひどかったらしい。それでぼくに電話が来たんだ。ぼくがいちばん近い親族だからね。一時は危険な状態だったらしい」

なんということだ!

クリスチャンは居ても立ってもいられない気分だった。痛いほどの怒りが胸にわきあがる。オリヴィアが話してくれなかったといって不満をぶつけるルイスの首を絞めてやりたかった。オリヴィアが出血多量に陥り、子どもは助からなかったのかもしれない。とにかくすぐサン・ジメノ島に飛ばなくては。

「もしもし、大丈夫?」ルイスの声がした。

クリスチャンは努力して、適当な返事を探した。頭の中は混乱しきっていた。「オリヴィアのところに行くよ、ルイス。状況がわかったら電話する」

「ぼくも行く。チケットが取れしだい」

「じゃあ、現地で会おう」クリスチャンは言った。ルイスがマイアミに来るのを待つつもりなどみじんもなかった。

「待ってよ」電話を切ろうとした瞬間、ルイスが叫んだ。

「なんだ?」クリスチャンはうんざりした。

「どうしてあなたが義母さんのところへ行くんだい? 義母さんとは一回きりの仲だというなら、どうして今会う必要があるのかな?」

クリスチャンはため息をついた。「きみのお義母さんを愛しているからだよ。信じられないかもしれないけれど、オリヴィアなしの人生など想像できない。でもきみの言うとおり、お義母さんはぼくを嫌っている。だからぼくを遠ざけた。でも今は、そんなことはどうでもいい。オリヴィアのためならなんでもするから、とにかく無事であってほしい」

11

オリヴィアは全身を覆っている上掛けの下にそっと手を入れ、自分のおなかが平らではないことを知って驚いた。ローラー車に轢《ひ》かれたような気分なのに、体はまだふくよかだった。

だが子どもは生まれた。女の子で、一時は母親の命さえ危ぶまれた難産だったことなど関係ないというように、新生児室ですやすや眠っている。もちろん、あと二週間ほどしてから帝王切開で子どもを取りだす予定で医師たちが準備していたことなど、生まれたばかりの女の子が知る由もなかった。

陣痛が始まったのは、オリヴィアが海辺の家にひとりでいるときだった。運悪く、その晩スザンナは映画を見に行っていた。オリヴィアは、子どもが生まれるまでにはまだ間があると言って、スザンナを出かけさせたのだ。

ところが、オリヴィアは破水した。陣痛も定期的になり、オリヴィアはかばんをつかんでジープに乗りこんだ。クリスチャンの先見の明に感謝した。もしジープがなければ、タクシーを呼ばなければならないところだ。夜のこの時間では、すぐにタクシーが来る保証はない。

救急車を呼ぶことも考えたが、出産は緊急事態とは違うとオリヴィアは自分に言い聞かせた。病院まで行ってしまえば、信頼できる医師がいる。医師に任せれば、あとは安心だ。実際には、病院まで行くのが精いっぱいだった。痛みがあまりにひどくて、道路を見るのさえままならなかった。オリヴィアは真っ青な顔をして、緊急治療室に転がりこんだ。

そこでようやく横になることができ、胸を撫《な》で下ろした。

だが、悪夢は続いた。診察や検査が行われる間、オリヴィアは痛みに耐えた。手術が決まるまで、なるべく薬は使わないほうがいいのだ。やがて、今すぐ帝王切開に踏み切るのは危険が大きすぎることがわかった。

朝になって、痛みは耐えがたくなり、医師はルイスに連絡をとったらどうかと提案した。だがオリヴィアは拒否した。ルイスをむやみに驚かせたくはなかった。何しろルイスは、オリヴィアが妊娠していることさえ知らないのだ。

その日の午後、オリヴィアは疲れきっていた。痛みは相変わらずで、医師や看護師の顔つきから、自分が危険な状態にいることがわかった。母子ともども。ほんの一瞬、クリスチャンに来てもらおうかと彼女は思った。

ちょうどそのとき、なんの前兆もなく事態が急展開を見せた。オリヴィアが途方もない力でいきんだ結果、胎児の足が子宮から出てきたのだ。これがきっかけとなり、まもなく、オリヴィアの娘はこの世に生まれ出た。

その後のことは、生まれたばかりの我が子を腕に抱いたときの感触を除いて、ほとんど記憶にない。赤ん坊は震えていて、抱くのが怖いくらいで、黒髪と茶色い肌が父親そっくりだった。

赤ん坊はすぐにどこかへ連れていかれた。周囲で慌てているような声が聞こえたが、オリヴィアには何を言っているのかわからなかった。自分で感じられるほど、ひどく出血していた。それでも痛みが消えたのがありがたく、全身に広がるしびれたような感覚が何を意味するのか理解できなかった。

オリヴィアの容態が安定するまでにそれから数時間を要したらしい。その間に、医師はルイスに連絡をとった。オリヴィア自ら許可を出したらしいが、はっきりとは覚えていなかった。けさになって医師から説明を受けるまで、自分がどんなに危険な状態だったかも自覚していなかった。

今、外は太陽が輝いている。オリヴィアは風呂に入ってきたばかりで、ずいぶん気分がよくなっていた。まだ体力は回復していなかったけれど、この状況では自然なことだと医師に言われた。

わたしが子どもを産んだと聞いて、ルイスはどう思っただろう、とオリヴィアは自問した。わたしを嫌いになっただろうか？　そうでないことを願う。ルイスとはずっと仲のいい親子だった。

そしてクリスチャンは……。

今は感情がもろくなっている。クリスチャンのことは考えないほうがよさそうだ。娘の誕生を聞いて彼がどうするか、今のオリヴィアが考えるには大きすぎる問題だった。身も心も弱くなっていて、ばかなことを口走ってしまう気がした。父親に娘を愛してもらいたい……母親としてそんなみじめな願いがあるだろうか？

戸口に人の気配がした。オリヴィアがそちらを向くと、看護師が電話機をのせたワゴンを押して入ってきた。オリヴィアは胸をときめかせた。クリスチャンかと思ったのだ。いや、ルイスだと、彼女は慌てて訂正した。しかし、ルイスがサンフランシスコからこんなに早く来られるはずはない。

「お電話ですよ、ミセス・モーラ。お出になられますか？　息子さんです」看護師が身をかがめて、コードを端末につなぎながら言った。

「ルイスね」オリヴィアは不安な面持ちでうなずいた。いずれは話さなければならない。電話のほうが気楽かもしれない。

「本当に大丈夫ですか？」若い看護師はオリヴィアのためらいを察して尋ねた。オリヴィアはルイスと話すのを躊躇《ちゅうちょ》した自分を恥じた。

「ええ」オリヴィアは言い、上体を起こそうとした。看護師が手を貸す。こんな単純な動作にも助けが必要なのは情けなかったが、看護師は優しくほほ笑んでオリヴィアに受話器を持たせた。

「しばらくしたら戻ります。あまり興奮なさらないようにしてくださいね。血圧が上がったら困りますから」

この状況下で興奮しないでいるのは無理だ。それでも、オリヴィアは看護師の助言になるべく従おうと思った。彼女はうなずいて受話器を受け取り、耳にあてがった。看護師が出ていく。

「ルイス？　ルイスなの？」

「誰だと思ったんだい？　クリスチャンか。彼が赤ん坊の父親だって聞いたよ。二人してぼくを笑ってたんだろう」ルイスのかすれた声には、紛れもなく悪意がまじっていた。

「違うわ！　ルイス、あなたを傷つけるようなことを、わたしがするはずないでしょう。クリスチャンが何を言ったか知らないけれど、わたしを信じてちょうだい」オリヴィアは慌てて言い返した。

「だったらどうして妊娠してることを教えてくれなかったんだい？　義母《かあ》さん、そんな重大な知らせを他人から聞かされてどんな気持ちになるか、わかるだろう。クリスチャンはかっこいいし、いい男だよ。でも、義母さん、ぼくにも真実を知る権利がある」

「そうね。たぶん、わたしは恥ずかしかったんだわ。あなたに悪く思われたくなかったのよ」オリヴィアはルイスを傷つけてしまったことを認めた。わざとでなかったとはいえ、それは言い訳にはならない。

「恥ずかしかった？　恥ずかしがることなんて、何もないじゃないか。父さんのことでつらい思いをしてきたんだ。これから何をしようと、義母さんの自由だろう」

恥ずかしかったという継母《ままはは》の言葉にルイスは驚いているようだった。いったん言葉を切り、改めて話しだしたとき、彼の口調は優しくなっていた。

「お産は大変だったと聞いたけれど、今はどんな具合なの？」

オリヴィアは震える息を吐いた。詳しく話して、よけいな心配はさせたくなかった。

「大丈夫。それから……あなたの妹も元気よ。もし気になるのならね」

「もし気になるのなら？　何を言ってるんだい？　ぼくに妹ができたのか。早く会いたいよ。もちろん義母さんにもね」ルイスの声はうれしそうだった。

「わたしもあなたに会いたいわ」オリヴィアはつぶやきながら、最悪の事態が回避できたのが信じられない気持ちだった。この瞬間をずっと待ち望んでいたのに、なんだか拍子抜けだった。

「今日の午後にはそっちに着く。クリスチャンが行ったら、ぼくは十一時の飛行機に乗る予定だと言っておいてよ」

「クリスチャンですって？　彼がここに来るの？」口の中が渇き、舌がもつれた。彼には会いたくない。今、何か優しい心遣いをされたら、自分の気持ちを隠しとおす自信はない。

「彼はショックを受けていると思うよ。義母さんが彼に知らせたがらなかったことに。すごくつらかったはずだ」

看護師が様子を見に戻ってきたとき、オリヴィアはまだ受話器を手にしていた。看護師は回線の切れた受話器をオリヴィアの手から取り、電話機に戻した。それからオリヴィアを探るように見て尋ねた。

「どうしたんですか？　息子さんに何か言われたんですか、ミセス・モーラ？　顔色が悪いですよ」

オリヴィアは首を横に振って、無理に笑顔をつくった。「なんでもないの。それより、いつベッドから出られるかしら？」

クリスチャンと会うのに、せめて立っていられたら、少しは強い気持ちでいられるだろう。娘のためにも、しっかりしなければならない。大切なのは彼を遠ざけた理由を忘れないことだ。

「それはドクターが判断します」看護師は枕《まくら》の位置を直し、上掛けをかけ直した。「ゆっくり休んでいてくださいね。一時間ほどしたら、赤ちゃんを連れてきます。授乳には体力が必要ですよ」

娘に授乳するという思いに、オリヴィアの唇は震えた。前回、初めて授乳を試みたときはうまくいかなかった。だがそのときよりもオリヴィアは回復しており、また試みるのが楽しみだった。そう、赤ちゃんをまたこの腕に抱きたい。いとしい重みをしっかり感じたい。

看護師は出ていった。

ルイスの言ったとおりにクリスチャンが来るのなら起きて待っていようかと思ったが、オリヴィアは睡魔に勝てず、しばらくまどろんでもいいだろうと目を閉じた。面会者が来れば看護師が知らせてくれるはずだ。

オリヴィアは夢を見ていた。クリスチャンがベッドの脇《わき》に立っている。彼の手の感触が快い。クリスチャンは泣いており、顔はやつれ、憔悴《しょうすい》しきっていた。何か言っているらしく、唇が動いていたけれど、彼女には聞こえなかった。

やがて手を握る力が強くなり、オリヴィアはこれが現実であることを悟った。彼女は驚いて目を見開き、クリスチャンのつらそうな顔を見あげた。オリヴィアの想像ではなかった。彼は実際にやつれていた。オリヴィアと目が合うと、オリヴィアに怒られるのを恐れるように、慌てて手を放した。

一瞬の沈黙ののち、クリスチャンは落ち着かない様子で額に落ちた髪をかきあげ、かすれた声で言った。「ありがたい《グラシアス・ア・ディオス》、無事だったんだね《エレス・ビエン》」取り乱しているらしく、口から出てきたのは母語のスペイン語だった。

オリヴィアは息を吐いてから言った。「わざわざ来ることはなかったのに」

「何を言うんだ、オリヴィア。ルイスから電話をもらって、本当に驚いたよ。生死にかかわるような事態だったんだろう」

オリヴィアはかぶりを振った。「ルイスは大げさなのよ」オリヴィアは言いながら、自分の手を見つめた。そうすればクリスチャンを見なくてもすむ。ひどくやつれているにもかかわらず、彼の目は何にもまして魅力的だった。彼と会う心の準備をする時間がもっと欲しかった。彼の言葉をそのまま信じてしまいそうだ。

クリスチャンはベッドの脇にかがみこんだ。「問題が起きたらぼくに連絡をよこすべきだったんだ。ルイスからゆうべのことを聞いたとき、自分に腹が立ったよ。そばにいてあげたかった。ぼくは今も、きみと共に人生を歩みたいと思っている」

オリヴィアは目を閉じ、すぐにまた開いた。クリスチャンがじっと見つめている。「ああ、クリスチャン――」今のような精神状態では、うまく答えられそうになかった。

クリスチャンが、オリヴィアの言葉を遮るようにして言った。「頼むから聞いてくれ。きみは生きている。それが大事なんだ。もし……きみにもしものことがあったら、ぼくはこれからどうしたらいいかわからなかったよ」彼はもう一度オリヴィアの手を握った。

「クリスチャン……」

クリスチャンの言葉はオリヴィアの心に響いた。彼の言うとおりにするのは容易なことだった。だがクリスチャンが気にしているのはオリヴィアではなく、娘に対する権利だ。オリヴィアは、ルイスが父親に対して味わったのと同じ幻滅を、娘に味わわせたくはなかった。

クリスチャンの手に力がこもった。一瞬、オリヴィアの脳裏にルイスの言葉がよみがえる。それでも彼女は自分の決意を変えることはできなかった。

「心配してくれるのはありがたいけれど……気持ちは変わらないわ」

クリスチャンは口もとをゆがめた。「ぼくをまだ憎んでいるんだね」

オリヴィアはため息をついた。「あなたを憎んだことはないわ、クリスチャン」

「でも、決して許してはくれないんだね」

「そうじゃないわ。何週間も前に話したでしょう、あのことは、わたしたち二人に責任があるの。さあ、あなたも正直に、ここへ来た本当の理由を言ったらどうなの？」

「本当の理由？」

クリスチャンは眉をひそめた。それから慌てて姿勢を正し、オリヴィアの手を放した。

「子どもが助からなかったのは残念だった。でも、世の中にはどうしようもないこともある。それよりも、きみが無事でいて何よりだ」

オリヴィアの驚いた顔を見て、クリスチャンは何かがおかしいと気づいた。ベッドの縁に手をかけ、心配そうに身を乗りだす。

「どうしたんだい？　ああ、ばかだった。子どものことを話題にすれば取り乱すに決まっているな。顔が真っ青だ。落ち着いて。今、看護師を呼んでくるから」

「いいの！」

オリヴィアは喉から声を絞りだすようにして言い、両手を伸ばしてクリスチャンを止めようとした。彼はその手を握ったが、まだ心配そうに、半分、体を廊下に向けていた。

「子どものことを、なんて言ったの？　誰が赤ちゃんが死んだって言ったの？」

「まさか、知らなかったのか。ああ、しまった。てっきりもう知っているかと……」クリスチャンの顔から血の気が失《う》せた。

「誰が言ったの？」オリヴィアは重ねて尋ねた。

クリスチャンはうめき声をあげ、自分の体を支えるだけの力がなくなったかのように、オリヴィアのベッドの縁に沈みこんだ。「ルイスから、赤ん坊についてはかわいそうな結果になったと聞いた。さっきも言ったとおり、きみの命さえ危ないという話だった」

オリヴィアの目に涙があふれた。クリスチャンはルイスの言葉を誤解したのだ。ルイスがわざとクリスチャンをだまそうとしたとは思えないが、たぶん二人の会話はあまり友好的なものではなかったのだろう。ルイスは、子どもの父親がクリスチャンだと知って怒っていたに違いない。オリヴィアや、この出来事自体にも腹を立てていた。

オリヴィアはクリスチャンの手をしっかりと握り、ささやいた。「赤ちゃんは死んでないわ。女の子よ。ルイスがどんな説明をしたのかわからないけれど、赤ちゃんは元気よ。あなたは子どもが死んだと思っていたのに、ここへ来てくれたのね。あなたが気にかけているのは子どもで、わたしではないと思っていたのに」

「子どもは生きてるって？」クリスチャンは呆然《ぼうぜん》としてきき返した。

オリヴィアはうなずいた。「そうよ」

「無事だったのか？」

「かわいい子よ。自分の目で確かめて。看護師に頼めば、連れてきてくれるわ」

「ちょっと待ってくれ。ここに来たのは子どものためで、きみに会うためじゃないというのは、どういう意味だい？　きみの力になりたいという気持ちがわからないのか？　もう一度やり直したい、ぼくはきみのことが心配なんだと証明したいという気持ちが、まだわからないのか？」

「どういうことかしら？」オリヴィアは身を震わせて尋ねた。

クリスチャンは顔をしかめた。「もうさんざん言っただろう。ほかにどう説明すればいいのかわからないよ」

オリヴィアはおずおずとクリスチャンを見つめ返した。「お願いよ、何度でも言ってちようだい。ルイスは最高にすばらしいことをしてくれたのかもしれないわ」

眉をひそめたクリスチャンの頬に、オリヴィアはそっと手をあてがった。

「きみを愛していると言ったら、今なら信じてくれるかい?」クリスチャンは彼女のてのひらに優しくキスをした。「ああ、オリヴィア、ぼくたちを結びつけてくれた娘を、一生愛していくよ。けれど、ぼくがいちばん愛しているのはきみだ……」

エピローグ

クリスチャンは車を運転して、ボカラトンに購入した屋敷の門をくぐった。車が中に入ると、門は自動的に閉まった。

車が砂利敷きの道をしばらく進むと、大きな建物が姿を現した。家族の人数が増えても充分な数の部屋を備えた豪邸だ。

オリヴィアが娘のエミリーを産んで一年以上がたち、ほんの三週間前には息子のセバスチャンが生まれたばかりだ。オリヴィアから二度目の妊娠を聞いたとき、クリスチャンは不安で胸が締めつけられたものだった。今度は前回ほどの幸運には恵まれないのではないかと気が気でなかったのだ。

一方、オリヴィアは落ち着いたもので、二度目の妊娠は何もかも順調だった。かなりの難産だったエミリーとは対照的に、セバスチャンはわずかな苦労でこの世に生まれ出た。

エミリーの世話はスザンナがしていた。かつての家政婦は、子どもたちを心から愛してくれていた。マイアミに戻るに際してオリヴィアがスザンナも連れていきたいと言いだしたとき、クリスチャンは喜んで同意した。エミリーを産んだあとでオリヴィアがサン・ジメノ島の家で療養していたとき、彼女とスザンナはそれまで以上に打ち解けた関係になったのだ。

スザンナは、オリヴィアが産気づいた晩に自分が外出していて、オリヴィアをひとりで病院に行かせたことで、ひどく自分を責めた。涙を流しながら病院に駆けつけた彼女は、ずっとそばにいるべきだったと言って謝った。その話を聞いたとき、クリスチャンはジープを借りておいてよかったと思った。もっとも、スザンナがいたとしても、彼女はジープを運転できなかったけれど。

過去のことはともかく、今のクリスチャンは最高に幸せだった。彼は妻を愛しており、妻に愛されていることを知っている。この一年余りで、二人は似合いのカップルだとわかった。ルイスでさえも、オリヴィアの幸せを認めていた。

クリスチャンは仕事量を減らし、トニーのもとで働き始めてから初めて、ルイスが〈モーラ・コーポレーション〉で采配《さいはい》を振るう年齢になるのを心待ちにするようになった。もちろん仕事は楽しかったが、もはやいちばんの生きがいではなかった。家族がそれに取って代わったのだ。その中心にオリヴィアがいた。

花であふれたベランダの向こうに両開きの玄関ドアがあった。玄関ホールは広々としていて、ガラス張りの高い円天井がある。その中央にはクリスタルのシャンデリアが下がり、夜にはあらゆる角度に多彩な光を投げかける。だが今は夕方で、明るい陽光が大理石の床を照らしていた。

若いフィリピン人の家政婦がクリスチャンを出迎え、上着とかばんを受け取った。「お早いお帰りですね。奥さまはまだお休みです。旦那《だんな》さまがお帰りになったとお知らせしましょうか?」

「ぼくが行く。スザンナはどこだい? 彼女に、ぼくが戻ったと伝えてくれ」クリスチャンは言い、階段を一段抜かしでのぼっていった。

「エミリーとお庭で遊んでいます。呼んできましょうか?」家政婦が答えたときには、クリスチャンは最初の踊り場に着いていた。

「すぐじゃなくていい。シャワーを浴びる。今日はすごく暑かったからね」

「わかりました」

家政婦は下がり、クリスチャンは残りの階段を一気に上がって、自室へと続く廊下を大股で歩いていった。これまで何度もしたことだが、改めて自分は幸運だという気持ちを噛《か》みしめた。

クリスチャンは寝室のドアをそっと開けた。オリヴィアが寝ていたら、起こさないほうがいい。けれども、オリヴィアはすでに起きていて、ベッド脇《わき》の肘掛け椅子に座っていた。セバスチャンが勢いよくオリヴィアの胸を吸っている。

「ただいま」

クリスチャンが声をかけると、オリヴィアは驚いて顔を上げた。

「おかえりなさい。こんなに早く、どうしたの？」オリヴィアはほほ笑み、低い声で尋ねた。

「息子と同じことをしたくて帰ってきたのかもしれない」クリスチャンは軽い足どりで部屋を横切り、身をかがめてオリヴィアにキスをした。彼女の唇が誘うように開いたが、クリスチャンは自制して身を起こし、ベッドに腰かけた。

「もうすぐ飲み終わるわ。本当によく飲む子なの。今日はこれで四度目よ」

クリスチャンは身を乗りだし、セバスチャンに自分の指をつかませた。「きみが疲れないといいけど。ぼくだってきみが欲しいからな」

オリヴィアは口もとをゆがめた。「焼きもちを焼いてるの？」

「そうさ、当たり前だろう？　ものすごく焼けるね」クリスチャンは悲しげに笑った。

「そんな必要はないでしょうに」オリヴィアは答え、空いているほうの手をクリスチャンに差しだした。

「信じるよ」クリスチャンがその手に濡《ぬ》れた唇を押しつけ、オリヴィアの身を震わせた。

彼はベッドから立ちあがり、ネクタイをほどきながら言った。

「シャワーを浴びてくる。今日はものすごい暑さだった」

「ゆっくりしてちょうだい」

クリスチャンはシャツや靴を脱ぎ散らかしながらバスルームへと向かった。それを困ったように見ているオリヴィアににやりと笑ってみせてから、ドアを閉めた。

オリヴィアの手が空くまで、お楽しみはお預けだ。興奮は高まるばかりで、体のほてりを抑えるには冷たいシャワーが必要だった。

クリスチャンはふと、無言電話を受けた晩のことを思い出した。誰からの電話だったのかわからない。だがあれはエミリーが生まれた時間と合致する。オリヴィアのぼくを求める気持ちが、遠く離れたマイアミまで届いたのではないか、と彼は思った。

クリスチャンがシャワーの下に立って水を浴びているとき、ドアが開き、オリヴィアが入ってきた。オリヴィアは石鹸《せっけん》を手にし、クリスチャンの腰とヒップに泡を塗り始めた。冷たいシャワーは、なんの効き目もなくなった。

クリスチャンはうめき声をもらした。すでに下半身が痛いほど反応していた。体の向きを変え、石鹸を自分でつかんで、オリヴィアの腕や体に泡を広げた。そして母乳の味が残る頂を口に含んだ。

オリヴィアは喜びのため息をつき、クリスチャンの手を取ってシャワー室を出ようとしたが、彼に引き止められた。

「どうしてここじゃだめなんだ？」

クリスチャンはそう言い、オリヴィアのヒップを両手で包みこむようにしてガラスの壁に押しつけながら持ちあげた。それからそっと、自分の上にオリヴィアの体を下ろした。その瞬間、オリヴィアの全身に震えが走った。

「ああ、クリスチャン、信じられないわ」オリヴィアがささやいた。

「大丈夫か？　痛くないかな？」彼はオリヴィアの耳に唇を押しつけ、そのすぐ下の脈を舌で探った。

「ええ、大丈夫。ああ、クリスチャン、お願いもう一度……」オリヴィアは震える声で言い、首を反らしてクリスチャンにすべてをゆだねた。


一時間後、二人は大きなベッドに横たわっていた。

「眠いのかい？」クリスチャンはオリヴィアのまだ濡れている髪を撫《な》でつけながら尋ねた。

「幸せよ。毎日早く帰ってきてほしいわ。楽しかった」オリヴィアは答えた。

「子パンダの新作を書き始めたら、そうは言わないと思うな」

オリヴィアのデビュー作は、四番目の出版社でとうとう認められ、好評を博していた。

「慌てて書こうとは思ってないわ。お話は自分の子どもに語ってやれるから。子どもが大きくなって、あなたがわたしに飽きちゃったら、また考えるかもしれないわね」

クリスチャンはきっぱりと請け合った。「きみに飽きることなんかない。きみを失いかけたときに思い知らされた。きみを愛している。これからもずっと愛している。どうか疑わないでくれ。ぼくが欲しいのはきみだけだ。きみはぼくの妻で、ぼくの子どもたちの母親で……ぼくの人生そのものだ」